一个人吃饭，
也要好好吃

张佳玮 著

张佳玮

——

著

一个人吃饭，也要好好吃

中華書局

图书在版编目（CIP）数据

一个人吃饭，也要好好吃/张佳玮著. —北京：中华书局，
2025. 1. —ISBN 978-7-101-16820-4

Ⅰ. I267

中国国家版本馆 CIP 数据核字第 2024PJ7699 号

书　　名　一个人吃饭，也要好好吃
著　　者　张佳玮
责任编辑　董邦冠　刘冬雪
封面设计　周　玉
插　　图　余晟文　彭玉珊
责任印制　管　斌
出版发行　中华书局
　　　　　（北京市丰台区太平桥西里 38 号　100073）
　　　　　http://www.zhbc.com.cn
　　　　　E-mail：zhbc@zhbc.com.cn
印　　刷　北京盛通印刷股份有限公司
版　　次　2025 年 1 月第 1 版
　　　　　2025 年 1 月第 1 次印刷
规　　格　开本/850×1168 毫米　1/32
　　　　　印张 9¾　插页 9　字数 154 千字
印　　数　1-8000 册
国际书号　ISBN 978-7-101-16820-4
定　　价　56.00 元

目　录

一　故土炊烟

二　食在四野

三　味外之味

家，没回去时，想；回家头两天，吃饱喝足，高兴；过两天，生出舒服又嘈杂的沉溺感：像冬日吃了红豆沙年糕，满口黏甜，吃完犯困，只想睡；等再离家，回到了他乡，进了自己独立之后的住处，立刻又开始想家。

记忆中的家，最后会凝缩成一桌吃的。我猜许多在异乡的人，都有类似的感觉吧？

想家，想家里吃的。他乡也不是吃不到，但再好吃的东西，吃下去，总不如家乡的吃食来得香，来得踏实。

但故乡的东西吃不到怎么办？只好想想、说说。多少人聊起故乡美食就滔滔不绝，眉飞色舞，其实一大部分，是说给自己听的，过一把干瘾。

我少年时刚离家，在上海念大学时，很喜欢读各类写吃的篇章。自己写东西，爱翻来覆去，念叨小时候的吃的。

我外婆是常州人。她们那代人喜吃鳝鱼：切段儿红烧，勾芡，配蒜头，鳝肉炖入味了就细嫩滑软、肥润鲜甜。整锅熬得浓了，可以拿来浇米饭，也能浇面。

鳝鱼也能炸脆了，就是凉菜，宴席间先上，下酒用，嚼起来咔嚓有声。揉碎了撒面上，有味道。

我故乡无锡人吃早饭，泡饭为主，佐以下饭菜。炒鸡蛋，猪肉松，萝卜干，拌干丝（豆腐干切丝，热水烫过，酱油、麻油、醋的三合油一拌；扬州有煮干丝，还有拌干丝里放虾米的），夏天吃咸鸭蛋。

油条配豆浆。油条拧出来时，亮白油滑一条；下了锅，转黄变脆，捞起来咬，刺啦一声。油条两头圆，最脆而韧，蘸酱油吃妙得很。豆浆，无锡大多喝甜浆。咸浆也有，少。

吃腻油条了，买萝卜丝饼吃，买油馓子吃，买梅花糕吃，买玉兰饼吃。萝卜丝饼是萝卜丝外和面浆下锅炸，外脆里嫩；油馓子纯粹是吃个脆生，爱吃的孩子可以吃一下午；梅花糕是形若蛋筒、顶上封面皮、内里裹肉馅或豆沙馅的一种面食。

晚饭了，米饭为主，配下饭菜。蔬菜无非青菜、蓬蒿菜、菠菜、金花菜、绿豆芽、黄豆芽，炒了吃，黄豆芽常用来炒百叶结，似乎有好口彩：金黄发财。荤菜，则红烧肉、糖醋排骨、排骨炖百叶结，周末一锅鸡汤。夏天排骨炖冬瓜，清爽；冬天排骨炖萝卜，温润。春天可以吃排骨炖笋，加上咸肉就是腌笃鲜，格调颇高：那几天整个菜都清暖飘逸，两腋有清风生了。

周末了，去外婆家，外婆就摊面饼：面和得了，略煎，两面白里泛黄，黄里泛黑，有焦香，蘸白糖吃；吃腻了，借外公的茶杯，咕咚咚喝，打嗝。

外婆年纪大了，喜欢熟烂之物。青菜、毛豆、百叶煮面，面煮得绵软，鲜，入味，但不筋道，青菜叶子都软塌塌的：我们这里叫烂糊面。如果有南瓜，和宽面一起炖，炖到南瓜烂了，宽面也快融化了，就着一起吃，唏哩呼噜。

无锡人都爱吃馄饨和小笼汤包。进店先叫一笼汤包，馄饨后到。汤包个儿不小，肉馅，有卤汁；面皮蒸得半透明，郁郁菲菲，一口咬破，吸卤汁，连吃肉馅吞包子。

包子吃到分际，上馄饨了。馄饨按例需有虾仁和猪肉糜为馅，汤里需有豆腐干丝，再不济也得加紫菜。拌馄饨则是红汤，也甜，另配一碗汤过口。

季节对的时候，有店会卖蟹黄汤包；交情好的店送姜醋蘸食。姜醋在我们这里除了吃虾吃蟹，还有个用途：蘸镇江肴肉吃。肴肉压得紧，咸香鲜凉，蘸酸味下酒，妙不可言。

也吃鱼，也吃虾。鱼则红烧或汤炖皆有，虾大多清水煮，加以姜和葱。虾肉鲜甜，本不需调味，丽质天成。

我妈除了红烧肉，还擅做大盆葱花蛋炒饭。我爸则擅长鱼头汤与荷包蛋。此外，他拌得一手好豆腐：只用盐和葱，就能把一方豆腐调得好吃，再加一点麻油，可以下泡饭了。

我在上海那些年，惯例大年二十九或三十回家：好在上海离无锡近，车票怎么都买得到。

如果年二十九回家，就来得及好好吃一顿。我爸开车接上我，先问我："要不要吃馄饨和汤包？""要！"一笼汤包，一碗馄饨白汤加辣，吃得嘴都黏住了，回家了。

我妈预先备好了吃的，等我回家，"快先来碗鸡汤！"我推辞，"吃过馄饨了"，我妈就有些不乐意："到家总先去吃馄饨——哦哟，我做的菜还不如馄饨好吃！"

到家第一天，惯例要嘘寒问暖。带回来的衣服都换下了，洗；家里自有我以前的衣服，换上。这么一来，我妈才满意：仿佛这才是过年了。

如果来得及，年二十九和三十，就得陪着去菜市场：买白切牛肉（红曲煮好的）、买羊糕肉（凝冻的冷羊肉）、买酒酿（即醪糟，用来做酒酿圆子）、买黄豆芽（用来配百叶结，祭祖时尤其要吃）、买虾、买榨菜、买黑木耳、买胡萝卜、买青椒、买芹菜、买豆腐干、买百叶。顺便跟那些菜贩们一一道别："还不回去过年呀？""今天做完，这就回去了！""那么新年见！""好好，新年见！"

买许多卤菜熟食。过年了，店主也豪迈，买猪头肉，白送俩猪耳朵，买红卤肠，白送鸡肝。

"早点卖完我就收了！""忙啊？回老家啊？""不忙！就是去打麻将！"

年三十那天，我常看着长辈们从早上便开始忙。最早是外婆在厨房指挥，后来外婆年纪大了，就都是我爸妈做了。

年夜饭不讲贵，但要敦厚、肥硕、浓油赤酱、甜。

大青鱼的鱼头汤在锅里熬着；红烧蹄髈得炖到酥烂；卤牛肉、烧鸡要切片切段儿；要预备酒酿圆子煮年糕。

所谓大青鱼是：过年时，我爸单位会分一条大青鱼。我爸把青鱼或鲢鱼头切开，起锅热油；等油不安分了，把鱼头下锅，沙啦一声大响，水油并作，香味被烫出来；煎着，看好火候，等鱼焦黄色，嘴唇都噘了，便加水，加黄酒，加葱段与生姜片，闷住锅，慢慢熬，起锅前不久才放盐，不然汤不白……

上了桌，年夜饭大概是：卤牛肉、松花蛋、炒虾仁、黄豆芽炒百叶、糖醋排骨、藕丝毛豆、红烧蹄髈、八宝饭、鸡汤……现在想起来，一半是黄绿色，一半是红色：浓油赤酱的红。

后来条件好了，年夜饭餐桌上就多了炒花生、海蜇、熏鱼、脆鳝、白切羊糕肉蘸点辣子、百叶包、蛋饺、炸春卷、红焖虾，用我爸的话说，就是"实在"的菜。

年夜饭通常五点多上桌，拖拖拉拉地吃。我爸要喝酒，吃得慢，用我妈话说就是"前三灶吃到后三灶"。到七点多，汤凉了，我妈再回炉热一热。之后，大家边喝鸡汤泡饭或面，边举家看电视。

外婆以前喜欢边嗑瓜子和剥花生边看，后来牙口差了些，改吃水果软糖。

我妈总是让我们把年夜饭几道汤喝掉，大菜和凉菜倒无妨，可以在年初一、初二那几天用来做杂烩菜，下粥下饭。

大年夜，厚实肥甘的年夜饭，频响的电话和短信，眼花缭乱、大闹大跳的春节晚会，漫天烟花，总是热闹得厚实肥甘。

到年初一，大家都还睡着，只有早起的小孩子在外面玩甩炮，吃稀饭年糕汤圆，就觉得清白洁净爽快。然后就是一整天心无挂碍，没心没肺，高高兴兴，见人就喊"过年好"。

年夜饭岁岁年年相似，所以过年的时候，总是能多少回到小时候的感觉，回到什么都不必细考虑的时节去。

大年初一，早饭是酒酿圆子年糕、稀饭年糕，配上自家腌的萝卜干，求的是步步登高、团团圆圆，多幸福，少是非。

大年初一，照例没有亲戚来，到黄昏，大家就把年夜饭剩下的菜，做成了咸泡饭：冷饭和冷汤，倒一锅里；切点青菜，就开始熬。

炖咸泡饭时，隔夜饭好些：盖隔夜饭比刚出锅白饭少点水分，更弹更韧，而且耐得久，饭却没烂，甚至还挺入味。拿些虾仁干——当地话叫开洋——下一点儿在泡饭里，很提味。一碗咸泡饭在手，热气腾腾，都不用就菜就汤，呼噜呼噜，捧着就吃。

初二初三，就得下乡拜亲戚了。

乡下开宴席，惯例请师傅来，在院子里支起锅子做菜，喧腾热辣，乒乒乓乓。父亲跟叔叔们聊天，母亲和阿姨们拉家常，嗑瓜子、花生和糖果。乡间土菜，都不甚精细，但肥厚重味，气势庞大。菜式与城里差不多，就是分量大。到吃时，大师傅们被请到桌旁，上酒上汤，吃自己做的饭食。别人敬烟，夸他菜做得好，他便将烟别上耳朵，哈哈大笑。

天色暗下来，宴席吃完了一巡，大家三三两两地散了，男人们喝得有些醉，红着脸拿着酒去隔壁串门。隔壁家还没吃完的，听见人敲门赶紧开，各自拍肩欢笑，说起又一年不见的想念。各家门前挂了灯，怕喝醉了的汉子们摔着。女人们在房间里收拾了桌子，便开始打牌。孩子们这时有些已累了，蹲在妈妈膝上看打牌的也有，在沙发上睡着的也有。有些不甘寂寞，从后门跑去河旁，就听见远远的一片鹅叫声。

近了午夜，主人家把宵夜摆上桌来。宴席没用上的菜，简单整治一下出来，淡一些的茶，用鸡汤下的粥，以及一些甜点面食。小孩子们不知饥饱，看见甜点就扑了过去。男人女人们则相当矜持斯文地喝起了汤和粥，并且各自慨叹着。"酒量是不行啦，这个年纪多喝点汤身体才能好。""你看我这不，胖成猪了。""哎呀，胖才好呢，有福嘛。"吃完了这顿，大家各自散了，或是去主人家安排的房间去睡了。

想起来，真好。

我到巴黎之后的第一个冬天，难免思乡。说来也奇怪，那时想念故乡，竟有些模糊。不知道是该想念八岁之前那个家呢，十八岁之前那个家呢，还是上海那个自己筑的家。

想到家，想的也不是无锡的那些风景名胜，或是上海的高楼大厦，而总是些最熟悉不过的：无锡两个家附近的菜场与小吃摊，上海那个家周遭的便利店与野猫出没的院落。

2014年，我在巴黎住着，一度季节性情绪失调。于是我每天看老照片，想以前的吃的，见到朋友就跟他们说我故乡吃的是什么样子。我跟我妈念叨吃的，我妈拍了照片给我看。我看了，心安了。果然，在故乡和大家一起吃东西，是最安稳平顺的时候。

许多人似乎都如此：回故乡时，觉得熟悉又陌生；初时快乐，待一段，便又想走了。大概许多人思念的所谓故乡，不是故乡本身，而是自己小时候，那段无忧无虑的时光里的那个故乡，是还没有老去的父母，是家乡的哪棵树，家乡的哪个邻居，家乡的猫狗，在家乡自己跑过的某条路、跌过跤的公园。

所谓我们想回去的故乡，更多的是"还保留着少年时光影踪的故乡"。回去了，多少怅然若失。只有吃到家乡菜，才觉得，"对，是这个"。但人又没办法一直待在一处。在家待够了，还是会想走。

比邻聚族而居有其美好所在，但终究是过去的时代了。越是大城市，越适合独居：因为大城市提供了足够多的"不用跟人打交道也能好好活"的基础设施。

许多独居的人，往往并非性格多内向，多怕和人打交道，只是很怕麻烦——怕给自己找麻烦，怕给朋友找麻烦。

世界的趋势是彼此住得更独立：更普及的公共设施、更多元的商业发展，都是为了让人更自然而然地生活，不用比邻而居。

不是大家多孤僻或内向，只是单纯地贪图简单清晰的关系，喜欢敞亮的关系，喜欢更简单的生活。但人的精神，又总会留在家乡那一桌饭菜旁，怎么排遣呢？就尽量，自己吃好喝好吧。

我一个朋友，住在巴黎圣丹尼；家里阳台上，看得见塞纳河与埃菲尔铁塔，言谈间却会流露上海腔。他生在石库门里，说到上海，便回忆起五加皮、德兴馆、大光明电影院和大白兔奶糖，以及姚慕双、周柏春二位先生。还有20世纪80

年代，外滩某商厦门口摆着真人大的米老鼠。

"很久没回去了。""上次回去是何时呢？""世博会那几年吧？"他也承认，"现在回去看，上海都不认识了……也不一样了。"

想上海时怎么办呢？去巴黎十三区，找一家上海馆子，吃一点酒香草头、腌笃鲜汤百叶结。好了，缓过来了。

巴黎十三区陈氏超市斜对面的烧腊店，剁鸭子的师傅说他出生在广州，只会广东话、法语，以及一口广式普通话。他上次回广州，是2004年了。家里还有亲戚，拉他去看天河体育中心。"好大呀！"他绘声绘色地摆手，眉飞色舞，然后摇摇头，"但是其他地方，我就不认识了！"回到巴黎，也还好，左邻右舍是越南菜和潮汕茶馆，对门的酒吧，一群老广东在看赛马下注，听许冠杰和梅艳芳。他觉得自在。再吃碗艇仔粥，开心了。

2015年春天，我在巴黎一个法餐厅跟朋友试吃。吃了芝麻油腌生牛肉切丁配松子芥末果子冻堆盘、帝王蟹沙拉、松露橄榄油蘸汁浇烤龙虾、牛肉卷配烤布雷斯鸡，换了四种酒，外加玛德莲蛋糕。

量并不差，味道也好。但吃完了，回家之前，还是觉得不爽。就跑去我家斜对面，一家辽宁小伙子和北京姑娘开的馆子，找补了一碗炸酱面。

黄瓜丝、肉末，葱姜黄酱甜面酱肉末味儿，稀里哗啦拌好了，吃下去，这才觉得踏实停当。

那年秋天，我回国，有朋友非请我吃海鲜，我推辞不过，吃了，还好；到苏州，一位老友拉我到一个店里，点了馄饨、汤包、糯米糖藕、干丝、肝肺汤，我笑逐颜开。

我思念的，我喜欢的，也许不是所谓故乡的饮食，而是我小时候吃惯的饮食。我想要回去的故乡，是我小时候习惯的故乡。

所以大概，说到故乡时，我们需要的是时光机，但时光机不可得，所以就好好地吃吧：吃，以及回忆吃，就是对时间最好的对抗。人总有那么一段时光，也许是和自己心爱的人在一起，也许当时刚从贫寒里感到生活的一点幸福，也许当时无忧无虑。之后的一切描述与回去重吃，都是对当时幸福时刻的重温。

所以在这个不断离别的时代，一个人也要吃好喝好。很多事物，不能带在身旁。最后能带来些慰藉的，也就是好好地吃一口了。

一

故土炊烟

要不然，炒个饭？

现在看到"蛋炒饭"三字，我还想得起小时候，看蛋炒饭装在搪瓷盆里被端上桌。那时我蹲在椅子上，扒着桌子，鼻尖刚到搪瓷盆边，眼看一大盆蛋炒饭，比山都高。那盆蛋炒饭是我妈的手笔，饭碎粒，蛋成块，金黄泛黑，略带焦香。这是她炒饭的风格，火候唯恐不猛，油炒唯恐不透。我扒拉着饭，稀里哗啦，时时啜一口汤——热水、酱油、撒点葱，我们那里叫"神仙汤"。

我妈的炒饭水平，并不总是很稳定，但神仙汤和炒饭颇为互补：为炒淡的饭补一点味道，让炒躺了的饭得以下咽。何况，只要是新鲜热辣出锅的饭，怎么都不会难吃。

如此一口饭一口汤，慢慢地饭吃完了，露出搪瓷盆底的字，标注说那是我妈参加工厂运动会赢的奖品。如此，很长时间里，我都觉得蛋炒饭该用搪瓷盆装，吃时该听见筷子和搪瓷盆轻碰的声音，该是火候猛烈、蛋块焦香，还得陪酱油汤。

直到我上大学。

大学第一学期入冬，到黄昏全身透风。我很容易饿，还想吃口热乎的。学校食堂的东西不难吃，但有点像混迹职场多年擅长推诿的老油条，热度半温不火，吃着虚无缥缈，嚼着滑不溜秋，缺少吃东西的实在感。毕竟人图的不只是肚子不饿，还得让身心都扎实地感到，"我确实吃下东西了"！

我常去校门对面的一家小炒店。那家老板别的菜还好，一碗饭炒得极出色：鸡蛋下得不多，碎金散玉。饭里食材颇丰：碎火腿肠、青豆、洋葱、青椒。

青椒？这是我头回吃有青椒的蛋炒饭，但事后想来，青椒是点睛之笔。尤其是第一个离家的冬天，外头灯光下草木苍茫，油桌，旧凳，一碗青椒蛋炒饭，老板送的一碗汤——猪肉炖萝卜汤里舀出来的清汤，有骨头香，有萝卜味，淡淡盐味。重要的是：汤和饭，都热乎。

青椒炒得透，洋葱炒得透，米饭炒透了，极有嚼劲。那是我第一次觉得，蛋炒饭的妙处不单是蛋或者饭，而是各类驳杂多样的口感。对饥寒的胃而言，青椒极开胃。吃着这么一碗炒饭，眼见店门口老板大锅炒得乒乒乓乓，觉得吃饭都带出了侠士气。吃完了推碗搁筷去结账，跟老板说声："炒得好吃！"老板锅铲翻飞，头都不回，说："费力气啊！"

大学二年级，我搬出学校，自己租了房子住，有了个厨房。自己买菜做饭，才发现万物皆贵。有什么能连饭带菜一起满足，又热乎，又有味呢？

吃炒饭吧。香肠、鸡蛋、青豆、青椒、毛豆和胡萝卜——菜场能买到、能切碎、适合炒的，都买一些。

在锅里下一遍油，把青葱、青椒下去，炒出一点味道，捞走；鸡蛋打进青椒油里，看着它们起泡，捞走；再下油，凝块的冷饭下去，热锅里立时炒散；切好的香肠和胡萝卜、青豆一起下去，炒熟了，鸡蛋、青椒下来回一下锅；等蛋炒得浓黄香，眼看要焦黑时，停火起锅。把炒饭盛一大盆冒尖儿，花一小时慢慢吃完，一边抹嘴边的油，一边烧水泡小区门口茶叶店里买的便宜茶。

一口热茶下去，打一个饱满的油香十足的嗝后，好了。

——那时我忽然明白了，为什么小时候我妈给我吃蛋炒饭时，要配酱油汤。当冰箱里啥都没有，只有米饭和鸡蛋时：米、蛋、酱油、盐，就能弄出连吃带喝的一点满足感。

古龙小说里阴险的反派，律香川和唐玉，都爱吃蛋炒饭。唐玉是：前一晚杀了人，早起用半斤猪油、十个鸡蛋，炒了一大锅蛋炒饭。

我自己做炒饭时，明白了"一大锅蛋炒饭"的用意：蛋炒饭这玩意，一小盘吃不开心。得大锅大铲费力气炒，炒得透，炒得乒乓作响，才好。

那年秋天，我一个朋友有急事离开上海回老家，把他分手了的前女友的一个箱子，搁在我家里。"她来找我时，你给她。"

那天黄昏，女生来了，我把箱子给了她。女生问我，她前男友有没有留什么话，我讷讷说不出来。毕竟没法现编，编了事后没法圆。

女生手按着箱子，坐下，低了一会儿头，吸吸鼻子，抿起嘴，眉头紧皱，开始抽搭。

我愣了会儿，想也无话可劝，自己去厨房里，炒了份蛋炒饭，想了想，探头问她："你要不要吃蛋炒饭？"

我们俩各拿一碗吃着，她默默吃了两口，呀了一声，

"炒饭里有青椒？""是啊，你吃不惯青椒？""不，没，挺好的。"

吃完了，泪也止了，她吸吸鼻子说谢谢。我替她把箱子拿到门口，告诉她这个点大概可以坐哪路地铁回去。她说谢谢蛋炒饭。我说我瞎做的，蛋炒饭做起来特别简单，以后准能吃到更好的，回见啦。

我打电话跟我那朋友说了声，从头到尾，原原本本。他沉默一会儿，说：回头补请你；说：下回分手一定分利索了，不能再让你跟人分饭吃。

我和若到巴黎的第一年秋天，恰逢周末，人生地不熟，哪哪店都不开，楼下小超市里打眼一看，只认识冷冻披萨和德国酸菜香肠。

好在有米，有油，有盐，还买了一根大葱。吃了一顿米饭+酸菜香肠后，到了晚上，一看锅里只有剩饭了。天色已晚，出去又没处吃。

我说，这样吧。大葱绿叶切碎，烧水，切冷饭，用铲子扒拉散了，热锅冷油滋滋儿响，葱白切碎下去略炒，嘶啦一声冷饭下去，不停炒，炒到分际，下盐，接着炒，颠倒反复，出锅装盘成两碗，另一边顺手把葱叶搁热水锅里焖了会儿，加酱油。

把饭端给若，说：委屈下，这我小时候吃的，先吃着吧。若吃了口饭，喝了口汤，"挺好，比中午吃得踏实"。

人也真奇怪，比如就一碗冷饭，一点大葱，一点酱油，吃了会觉得委屈，总觉得得就点菜才像过日子。可是一碗冷饭，过了油，过了火，炒热了，吃着就多了几分踏实。

让人踏实的也许不一定是炒饭。是旧习惯，是暖和，是烟火，是人为了心里踏实，做出的一点努力。

当粉丝还只是一种食物的时候

我一直觉得，现代媒体把粉丝这词给用岔了。明明有现成的词可用——拥趸、爱好者、支持者、关注者——干嘛非得用"粉丝"二字呢？所以《武林外传》里说得好："粉丝？我还腐竹呢！"

毕竟，粉丝那是真好吃啊。

无锡话里，粉丝叫"线粉"。最适合的氛围，大概是：弄堂里，小摊上，昏黄灯光下，一张小桌，两把小凳，一碗牛肉粉丝汤。

摊子本小利薄，牛肉也薄，汤里有点芫荽叶，撒了胡椒粉或五香粉。

蹲坐捧碗，吸溜着，筷子帮衬着，吸溜一口粉丝后，还得跟着吸溜一口空气，解一下胡椒那微微的辣。一碗下去了，暖和了，打个嗝。

冬天的黄昏是牛肉、胡椒粉和芫荽味儿的。

就这么小小的一碗，吃法也分风格。我小时候吃的粉丝，细而且顺；泡久了，粉丝发胀，且变软，满碗都是。

爱清爽顺滑的，端起碗就吃，吸粉带汤。爱吃口柔糯的，还真就会等粉丝吸饱了汤再吃，有味儿。

有上来就吃牛肉的，觉得牛肉爽脆；有把牛肉压到汤底，到最后再吃的：粉吃完了，慢悠悠地，一片一片嚼牛肉，细嚼慢咽，嚼得身旁先吃了牛肉的小伙伴眼馋起来。摊主看着笑笑，又切了点牛肉碎片带葱花，递一小碗过来："看把个孩子馋的！"

牛肉面和牛肉粉丝汤，有啥区别呢？大概在我们那里，面算是主食；吃粉丝，那可以是小点心。所以到黄昏，饿了，孩子跟家长对话："下一碗面？""等等就吃晚饭了。""要一碗粉丝汤？""给你点钱，自己出去买了吃！"

粉丝还能当菜。冬日晚上，一大锅白菜肉丝汤，总觉得缺了点啥；下点粉丝，一锅忽然就丰满起来了。

粉丝似乎格外适合汁浓的菜，所以有经典的"蚂蚁上树"。想想如果换了面，那就是肉末臊子面；但用了粉丝，炒出来一锅，入味，用来下饭，双倍的丰饱。大概粉丝好就好在这份边缘感吧？能顶饱，能吸味，能当菜。

北京办奥运会那年初，上海大雪。有个南京阿姨，带着女儿女婿，在小区对面街角开着小门面，卖鸭血粉丝汤、汤包和三丁烧卖，只限白天。晚上铺子归另一家，换几张桌子，摆成小火锅店。

秋冬天去吃粉丝汤时，常能见满店白气，细看，都是阿姨在给一个个碗里斟鸭汤。鸭血放得料足，鸭肠处理得鲜脆，鸭汤鲜浓，上桌前还会问："要不要搁香菜？"——香菜这东西有人恨有人爱，爱的人闻见香菜味才觉得是吃饭，恨的人看了汤里泡的香菜如见蜈蚣，是得问清楚。

她家的汤包，皮很薄，除了一个收口的尖儿，看上去就是一叠面皮，趴在盘里，漾着一包汁；咬破皮后，汤入口很鲜，吃多了不渴，肉馅小而精，耐嚼；整个汤包很小巧，汤鲜淡，跟无锡、苏州的做法不一样。三丁烧卖，其实就是糯米烧卖，里面加豆腐干丁、笋丁和肉丁，糯米是用酱油加葱红焖过的。

这两样主食都顶饱，配热鸭血汤，吃完肠胃滚热，心直跳。鸭血、鸭肠、鸭肝味道很浓，但搁粉丝汤里，怎么都合适。

这家刚开店时，不送外卖，因为老板娘管账备汤，女儿跑堂杂役，女婿预备汤包和饺子，只应付得来店里。开了半年，雇了个学徒帮着照应店里，老板娘女儿——因为跟妈长得一模一样，我们叫她少老板娘——就骑着辆小摩托，给街坊送外卖了。

有位邻居边喝汤边问起：这店铺，有老板娘，有少老板娘，有少老板娘她男人，那么，有老板吗？少老板娘简短地说：在南京。老板娘接过嘴，恶狠狠用南京腔说："没老板！死掉了！"

2011年初某天，我给街角南京阿姨鸭血汤家打电话，接电话的是少老板娘："啊，你呀，两碗鸭血汤、一笼汤包、一笼烧卖，加辣加香菜，是吧？""一碗鸭血汤就好，不加辣。"我说。

一会儿，门铃响。我去开门，见一位陌生大伯，一件像是制服的蓝外套，略驼背，一手提着冒热气的外卖，一手就嘴呵着气。看见我，问："一碗鸭血汤、一笼汤包、一笼烧卖，加香菜不加辣，对吧？"一口南京腔。"是。"

给完钱，大伯看看我，微微弯腰，低了一下头："谢谢您啊，一直照顾我们家生意。""噢，你们家生意，嗯……"我想了想，灵光一闪，就问："您是从南京来的吧?""刚来，刚来。""都还好吧?""现在算是好了! 好了!"他很宽慰似的说。

我到现在也没想明白"现在算是好了"是什么意思，但想他那时的笑容，似乎是真的"现在好了"。

一个人吃饭，更加要好好地吃！

"麻辣烫，素的五毛，荤的一元。如果吃六串素的，不吃荤的，就可以省下三元钱——够一张地铁票了！"2006年10月，若对我如是说。

那时若刚到上海来，与我一起的第一个国庆长假，两人不知算计，稀里糊涂把钱花个精光。此后一个月，每天买早餐，都得满家里沙发底、床脚拣硬币凑数。为了省地铁钱，逢她要坐地铁去长途车站回学校时，我就自告奋勇，晃晃荡荡骑车，划过2006年秋天的落叶，载她去车站。她也在寻思着各色开源节流之法，好让日子长治久安。

她所说的麻辣烫，是我们小区街拐角一家麻辣烫——与重庆的麻辣烫不同。

重庆的汤底，牛油汤滴在桌布上，须臾便凝结为蜡状；成都火锅，汤底也放牛油，但正经火锅店，讲究底料丰富庞杂，久熬才香。但无论川渝，除非有铜喉铁胃，轻易不敢喝火锅汤。

如果汤清淡些，下锅烫完，起锅再吃的，算是冒菜：那是可以连汤吃的。也有串串——将串串搁在锅里，烫完捞起来吃。吃完数签签。

我们那时在上海小区吃的所谓麻辣烫，是将食材处理成小块、下锅烫后捞起来吃。在我看来，更接近于冒菜的麻辣版本。

汤不同，料也不同。在重庆吃火锅，进门要的"四大金刚"基本是：鸭肠、黄喉、毛肚、菌花。还要问："有没有脑花？有没有酥肉？"

那时在其他城市吃所谓麻辣烫，脑花、酥肉、菌花之类会少一些，而代之以牛肉、毛肚、土豆、藕片，以及各类蔬菜，还是很像冒菜。——我们吃的，就是这么一家普通的麻辣烫。

食材搁在玻璃柜里，没有脑花、酥肉，只有土豆、藕片、平菇、粉丝这些家常菜。店堂黯淡，后厨一个徒弟负责收拾食材。老板黝黑屹然，前台收账。不结账时，就叉手站在锅旁，看着那几个大笊篱里的食材，仿佛琢磨药剂反应的巫师。

算着时辰，舀起料来，倾在盆里；下葱蒜辣椒，一勺汤哗啦下去，香味被烫得跳将起来；食材们忽然活了，能鲜龙活跳地钻喉咙、下肠胃，肚里一片暖了。

那个冬天，我和若就吃这家。我先担心她不习惯：毕竟刚离家的女孩子，每天吃苍蝇馆子不合适。若却很欣赏这家店："辣椒和花椒挺好，汤也地道！"

我们偶或去得早——麻辣烫毕竟是宵夜居多，我们却是晚饭点便去——看老板一个人熬汤。没有帮手，他的徒弟到开门时候才来。他低头弯腰，黑发藏银针，大勺揽着锅里牛骨的分量。偶尔抬头看见我们，嘴角一咧，满脸皱纹都刷啦啦抖开了："来啦？"

穷日子过去了，宽裕些了，我们还是爱来这里吃。简单，随意，人少——店堂太暗了，没几个人乐意坐下吃，都是打包走。我们得以躲在店堂深处，昏黄灯光下坐等。那时我们宽裕些，吃得起荤菜了，但还是爱吃这家的涮素菜。在别的馆子吃煮炖的蔬菜，总觉得不够味。"近来要补充些蔬

他低头弯腰，黑发藏银针，大勺揽着锅里牛骨的分量。偶尔抬头看见我们，嘴角一咧，满脸皱纹都刷啦啦抖开了："来啦？"

菜了！"就跑去麻辣烫馆，多拿两串空心菜。

老板端着两碗麻辣烫进幽暗室内给我们时，偶尔还评点几句："近来好多荤的哦！""吃这么多鹌鹑蛋哦！"

2009年2月，若回重庆过年。我发烧，生了两天病，靠家里的存粮过活。过一周，好差不多了，还留着点病影子。我到麻辣烫铺去，点菜坐了。

老板看看我："一个人来了？""啊。""感冒啦？""啊。"

给我的那碗麻辣烫，没容我嘱咐，老板没加辣椒和花椒，葱姜蒜却下了不少——跟冒菜也没啥区别了。我吃了一口，热辣辣的，直梗脖子。老板没走开，就语带感慨地对我道："一个人吃饭，更加要好好吃；吃好睡好，没有过不下去的事！"

待一个月后，我和若再去他那里吃麻辣烫时，老板愣了愣："两个人来了哦！"我猜他那时心里，一定觉得此前苦口婆心的叮嘱，浪费了感情……

2016年10月某日黄昏，我回上海，坐车经过那家店，扫了一眼。店堂敞亮了许多，多了几个衣服干净的帮手，装食材的柜子也变成了冰柜。那天我过得急，没来得及再坐进去，容他"托"一声，将盆放在我面前。只是看他独自叉手站在锅旁，看着那几个大笊篱里的食材，仿佛琢磨药剂反应的巫师，我还是会想到那句话："一个人吃饭，更加要好好吃；吃好睡好，没有过不下去的事！"

人间烟火

烟火气这词，只可意会，不可言传。

李安《饮食男女》里，归亚蕾扮的梁伯母，在美国女婿家住不惯，回家了一口湖南腔跟人抱怨："吃饭咧，除了洋葱就是汉堡，我炒个蛋炒饭，他的警报器都会响咧！我在那里真是生不如死！"

的确，吃惯汉堡、家里又有烟雾报警器的人，很难理解蛋炒饭的流程与意义。提防着烟雾报警器，开足了排气，放小了火，暗火无烟，鸡蛋不熟，冷饭不裂，变成了暖油焖饭，临了蛋稀饭黏，拖泥带水，谁吃得下。

非得热锅冷油，隔夜饭，炒得乒乒乓乓。有明火最好，蛋蓬松，饭耐嚼，身骨干爽，一大铲拍在碗里，才是好蛋炒饭。

如此这般，冷锅凉灶，瞎糊弄事做出来的，尤其是冬天，很容易让人垂头丧气，甚至了无生趣。厨灶间烟火飞舞，哪怕一碗蛋炒饭，都让人生机蓬勃。

2010年，上海遵义路天山路那一带，夜间会停住一辆大三轮车，放下炉灶、煤气罐、锅铲和各类小菜。推车的大叔把火一生；大妈把车上的折叠桌椅拆开放好。

你去吃，叫一瓶啤酒，问大叔："有什么？"大叔年纪已长，头发黑里带白，如墨里藏针，但钢筋铁骨，中气充沛，就在锅铲飞动声里，吼一声："宫保鸡丁！蛋炒饭！炒河粉！韭黄鸡蛋！椒盐排条！""那来个宫保鸡丁！""好！"

他家手艺不算多样，而且挺固执。如果有人提过分要求，比如："老板，韭黄炒鸡丁！"老板就皱起眉来，满脸不耐烦，粗声大嗓地说："那样炒没法吃！"

但这几样菜，千锤百炼。油重分量足，炒得又地道；能吃辣的，喝一声"老板，加辣椒"，老板就撒一把辣子下去，炒得轰轰烈烈。冬天，坐得离大叔近些，边吃边看他巨锅大勺地炒，人能吃出汗。穿着外套出来的，吃完了都能脱了外套，内衣已经湿一层，有鼻塞的能吃到吸溜鼻子，顺耳垂滴汗。在阵阵烟火与辣椒味中，边打喷嚏边抹鼻子："这辣！"

这就是烟火气。扑面而来到看不清楚，但让人确定无疑地感受到快乐。

比如，冬天早起，摸黑去早点摊包子铺，笼屉高高叠起，大家排队递钱。"两个素包子。""一个素包子，一个梅干菜肉包子，一个肉包子。""豆浆有没有不甜的？"

卖包子的摘塑料手套收钱，戴塑料手套，开笼屉盖，轰一声白气扑面，对面不见人。

摸到烫手的包子，滑进小塑料袋里，扎好，递过去。买包子的捧着烫包子，左手交右手，右手交左手。"谢谢啦！"一面往回走，一面有忍不住的——比如我——就手掏一个包子出来。包子还冒热气呢，咬一口去了一小半：破了顶皮，见了馅儿，馅儿管你是肉的、素的、肉素都有的，都是一股白气，要戴眼镜出门的，这时眼镜片已经迷了。瞭一眼半看清半看不清的馅儿，囫囵吞下肚，打嗝！舌头有点烫着了，额头一片汗涔涔。

身旁瞥一眼：生煎正在起锅，哗啦一片白气撞人，排队的、卖生煎的都迷了，看不见，睁着眼睛往里瞅；卖生煎的拿锅铲，刺啦刺啦，摸索着铲那脆底的生煎。白气模糊面目，只听他问："你要几个？"买的人比划着手指报数——那片嘈杂混乱，看不清、听不清净划拉的感觉，就是烟火气。

这个包子开馅儿、生煎开锅的白气氤氲，别有一趟利用：比如叫花鸡上桌，撬开荷叶泥封，哗啦一缕白气出。东坡肉上桌，掀起盖子，炉香乍热，法界蒙熏，诸佛现金身，罪过罪过。这时趁热吃，就觉得丰厚润泽，锣鼓齐鸣，欢腾喜乐；搁凉了吃，油凝皮干，残垣断壁，唉。

我有位长辈每次吃东坡肉、罐焖梅菜炖肉（他嫌扣肉太淡），总会念叨几句：唉，这辈子成不了佛了，罢了罢了，也好也好，来吃口好肉……

往回几年，重庆夏天，南滨路附近，还吃得到柴禾鸡与火盆烧烤。大夏天，围炉坐，烟火喧腾。鸡是烤熟了，人也被烟熏火燎，汗如雨下。冒烟突火地吃鸡，大家都开玩笑：也不晓得烤的是鸡还是人！苏轼有所谓"燎毛燔肉不暇割，饮啖直欲追羲娲"，也就是这个意思了。

我那时对烧烤不太懂，只听同吃的人啧啧感叹："好柴，熏得香"，还莫知所以。后来去了贵州的几个小城，吃了夜市烧烤，明白了：不同的炭，不同的柴，烤出的味道两回事。当然，贵州烧烤蘸水好，干碟好，但我记得最牢的，还是夜市里熏腾的烟雾。

一个都匀出身、后来住在雅安的前辈，跟我说过一个故事：他以前不富裕时，周末攒了几个钱，跟俩哥们去夜市吃烧烤，三人并排，漫天烟雾，大嚼大饮；喝多了内急，起身去了又回，边吃边和周围的哥们海吹瞎唠。到中夜时分，烧烤摊家里来换人了，撑后半夜的摊子，烟雾稍散，一看左右：俩哥们人呢？怎么是俩陌生人？

站起来一看，敢情烟太呛、酒太冲，吃得太快活，哥几个去趟厕所，回来就串隔壁摊去了！再一想算了，也不碍的，坐下来，新朋旧友，接着边吃边唠！

当然，烧烤这玩意，尤其是大火大肉，还得专业人士执掌。希腊遍地的旋转烤肉，都是大师傅负责削烤；我在布拉格街头看到老式铁匠、老式大烤炉，半扇大小的肉直接转着烤。看的都一边拍照一边站定距离，靠近了到底有些危险。

真让人投身其间、恨不得头埋进去的，大概是吃东北的开江鱼。

先是听人说过，吃开江鱼讲个兴高采烈、热热闹闹。敲冰捞鱼，炖一大锅，咕嘟咕嘟。去时，热热闹闹，吆喝着，开心着。我自己去吉林时，真见到了，氛围惊人：大块肥鱼、五花肉片、老豆腐、粉条在锅里慢熬着。吃着吃着，冷的指尖、脸庞都慢慢融化了，连酸带疼到舒服。出汗。到要吃粉条时，已经进入鲁智深"吃得口滑，只顾要吃，那里肯住"的阶段。

我跟一个陕西朋友聊，他说他们老家，吃臊子面，讲究碗得大过脑袋，"不能是城里的铺子，那里碗不对"。冬天，臊子酸汤面，一大碗，捧着，扶着，老人家摘了眼镜叠好，脸凑着碗口吃，吃到脑袋几乎要融进碗里。那时站旁边看，只见人都融在白气里，脑袋伸出来时，要说："撩咋咧！"

都知道羊肉是烤的好吃——明火燎烧，焦脆香软，就啤酒，美。也可以涮着吃——片薄如云，筷夹入锅一涮，蘸芝麻酱、韭菜花，入口即化。

内蒙古的吃法，手把肉，略一煮到不见血便吃，蘸盐，甚至可以生吃。我的内蒙古朋友说，其实煮羊肉以往才是主流，毕竟烤肉太奢侈了，"十斤肉煮出一大锅汤，大家都可以吃；一烤，分量就打折了"。

还有吗？

相声《报菜名》第一道菜：蒸羊羔。重庆白象街的食味轩，就卖羊肉。每次去都人山人海，角落里挤到一角桌，孃孃递给我们纸巾："自己擦擦吧！——要啥？"

要了羊肉笼笼、炖羊排和羊杂汤，白气蒸熏。看着豆花，迟疑了下，孃孃豪迈地说："到我们屋头，没吃豆花都算白来喽！"

打了碗饭，想就着这些菜吃掉吧，豆花拌起，一入口，稀里哗啦，生死一线，忽然一碗饭就空了。笼笼、羊排、羊汤还没动呢。

再打一碗饭，看蒸笼白气也淡去一些了，开始吃。笼笼松融，羊肉怎么能蒸得如此香滑味浓的？羊杂香嫩，羊排汤里都要捞骨头来嗦，最后嚼巴嚼巴都吃干净了，吃得汗流浃背。

精致细密、小心分拆的吃法，清清楚楚，就觉得稀里哗啦地吃不够香，属于思维没打开。

吃得香，不一定是一口一叹赏，也可以是埋头吃得无暇他顾，昏天黑地，沉迷在美味的眩晕中，一抬头，恍若隔世："有点陌生啊，我在哪儿来着？"

大概吃东西有两种状态。一是冷静的、克制的、细致的、条理分明的。再便是狂热的、囫囵的、按捺不住的、热情澎湃的、甩腮帮解衣裳一头埋进烟熏火燎里的。

前者回想起来清晰明白，后者则剩下一片单纯的快乐：是让人觉得稀里糊涂也没关系，看不清楚也没关系，一份忘我又安泰的，想起来可以原谅一切小瑕疵的，快乐。

一个人做饭的时光

我开始学做饭，是因为穷。大学时租房住，又不愿跟家里要钱；吃了几顿馆子后，自己去菜市场买些菜来做了，略一算开支，觉得不对。那会儿我刚当自由职业者，大把空闲时间没法兑现成钱，省一点是一点。

年纪长了，继续做饭，原因不同些了。自己做饭除了能省钱，还能控制分量，控制口味。不说多健康吧，自己能知道营养搭配，知道吃下肚的是什么。

常在家做饭的诸位自然明白，每天自己做饭的人，并不是摆开华丽的厨具、对着食谱细心揣伤每一道工序。每天做菜时思考的往往是：

"昨天中午吃了肉酱意面，昨晚吃了红烧肉米饭配炒青

菜，那么今天中午清淡一点也好……还是面食简单吧，不用
另外做菜，行，就决定是面食了……但不能再吃意面了……
冰箱里还有什么呢？黄豆芽、鸡蛋、苋菜……那就决定了，
做个酱油炒面吧，鸡蛋、豆芽都能一起炒，另开一个锅做蒜
蓉苋菜……好了，开始做！……哦，顺便看看冰箱里还有什
么……唔，有胡萝卜和牛肉，那么牛肉解冻一下，晚上可以
用甜酱油炖牛肉胡萝卜……

"晚饭除了牛肉胡萝卜，还有什么呢？主食也不一定是
米饭，可以把面包片烤一下，蘸牛肉汁吃；既然不用米饭
了，那就不用炒蔬菜了……搭配牛肉胡萝卜、面包该做什么
呢？嗯，可以做个芝麻菜拌马苏里拉沙拉，用橄榄油、葡萄
酒、醋、蜂蜜、榛子粉来拌……搭配气泡水，里面挤上柠檬
汁……冰箱里还有什么，记得看一眼？嗯，土豆、芹菜、鸡
蛋、青豆……

"昨天晚饭的牛肉胡萝卜还剩下些，今天午饭可以用来
炖一点土豆和芹菜，这样热一锅米饭就行了……米饭做多
了，下午放冰箱里，晚上可以用鸡蛋、青豆来做炒饭吃，前
几天没吃完的黄豆芽另外炒盘菜也凑合了……得去买新的食
材了……"

大概就是这样。富贵人家自有富贵人家的思考方式，像我这样每天在家做饭的人，就是想着如何将食材物尽其用地做好；到要清理冰箱时，也会不惜做出类似于鲑鱼鸭油芥蓝蛋炒饭之类的怪菜，只要能不浪费。

甚至，一个星期的食谱，早在去买菜时就想好了。"下周想做什么吃来着？唔，洋葱可以用来煮面，也可以用在豆腐锅里……鸡腿肉可以做宫保鸡丁，那就要买花生了……尖椒，可以做尖椒鸡柳，所以我应该多买点鸡腿肉吗？……买了绞肉，可以用来做麻婆豆腐，也能拿来做茄子……要不然买点鸡蛋，用来捏丸子吧，说到丸子，就要买白菜才好……"如此念念有词，一边就买好菜了。

以我的经验来看，人的食欲分为精神与肉体两方面。黑泽明导演说"白天吃喂饱身体，深夜吃慰藉灵魂"，差不多的逻辑：人需要吃饱，但也需要吃点好的，才比较容易有满足感。而人的满足程度，似乎与菜式多少有关。如果有可能的话，每顿饭多做几道菜会好些。比如一顿米饭加一大盘回锅肉，好吃，但吃饱了总觉得还缺点啥；一碗米饭配半盘回锅肉，再加一碟泡菜和一份煎蛋，人就相对容易满足些。

然而家庭灶间，同时做几道菜就很考验人了。比如热一锅饭，炖着一锅萝卜小排汤，快手快脚地先做一份凉拌豆腐，再看着汤要好的时机，炒一盘空心菜，赶着热饭热汤一起上桌——开始还颇有些手忙脚乱，到习惯了就会觉得，还有点成就感。

当然，细想来，做饭起码半小时，吃掉也就那么久，之后还得收拾碗筷，有点奢侈。但我自己理出了另一个习惯。对我这样的自由职业者而言，忙惯了之后，偶尔闲下来也有些心绪不宁，自觉不做正经事，仿佛还有点犯罪感。

这时候，做个饭吧。

戴上耳机，听着自己喜欢的音乐，顺手做饭，饭后洗碗。能催眠一下自己，"确实在做正经事呢，你看不是在做饭做家务呢吗，可不是在偷懒"，还省下点钱，还能稍微健康点，怎么想都挺合算。

没法子，毕竟现在这世上，像做饭洗碗这样，能理直气壮地说服别人与自己，"我这段时间独处是有正当理由的，是有必要的，可不是我想躲在自己的世界里"，可实在不太容易呢。

宵夜的灵魂

世上有些东西很神奇：如果没有，你也不会太难受；一旦知道房间里某处有，就会情不自禁百爪挠心，蠢蠢欲动，在邪恶的欲望边缘来回试探，深觉不可或缺，必须赶紧受用。

比如，深夜的一碗泡面。入夜了，我在房间看书。敲门声响起，我妈伸头进来："饿不饿？"我心领神会："有点儿。"我妈点头："那……加个蛋？"我："好!"

须臾，厨房浮来浓香。我和我爸坐上餐桌摩拳擦掌。片刻后，我妈端了三碗面来，撒了葱花，各摊一个蛋，还数落我们："就知道你们爷俩半夜要饿肚子……我也只好陪你们吃点……"

如是三番五次后，我也忍不住回我妈一句："妈，是你自己想吃吧？"我妈赧颜，道："我也不是饿，我就是，嘴里淡……"

我小时候，寒暑假的午饭，时不常就吃泡面：烧水煮面，切一截火腿肠——火腿肠须是斜切，如此薄而入味——再加一坨冷饭。面汤醇浓，把面煮软了的同时，也能把饭泡入味。

我轻易不打鸡蛋——单是打鸡蛋下去，面汤里会有蛋花，总觉得差点味儿——但是要搁点儿青菜。都煮得了，一大碗，右筷左勺，吸面，啜汤，嚼火腿肠，吃得稀里哗啦。

面里裹饭这种吃法，我本以为是自己独有的爱好，后来发现，日本也有人吃拉面饭：一口拉面一口饭，可见吃货们的思维殊途同归：面汤泡饭听着是怪，但多香啊！

我一度觉得，为了避免"夜深了嘴里觉得淡"，那晚饭吃饱一点，吃好一点，大概就行了吧？

然而，晚饭吃了咸辣的，吃饱了，到得半夜，就会想吃口甜的。汤圆也好，水果也好，总之，来点儿……

晚饭吃了甜酸的，吃饱了，到得半夜，就想吃口咸香的。泡面也好，炒饭也好，总之，来点儿……

须臾，厨房浮来浓香。我和我爸坐上餐桌摩拳擦掌。片刻后，我妈端了三碗面来，撒了葱花，各摊一个蛋。

晚饭如果吃得清汤寡水，自然觉得淡；晚饭如果吃得五味杂陈，甚至撑着了，又想有点汤水……

一百年前，平津地区许多人在大酒缸喝酒、吃卤味，吃饱了打嗝，还不够，要喝碗加辣、加芫荽、加虾皮紫菜的馄饨汤下去，溜溜缝。

陈荫荣先生评书里的程咬金也很懂，吃饱了牛肉烙饼，一定得喝碗牛肉汤，溜溜缝。大概人类晚上吃东西，贪图的不是吃饱，而是个味道。

为啥呢？

《华盛顿邮报》有过一个说法：说科学家研究了人和动物，发现到一天光线熹微时节，人和动物都倾向于吃东西。动物难道也会吃宵夜？——好像是，某些动物，会将长夜与寒冬挂钩；白天捕猎晚上吃，储存体能，以便熬冬。

宾夕法尼亚大学的凯利·阿里森说，人类也有这属性：白天吃的东西转化的能量，会更多释放掉；晚上吃的东西转化的能量，会更多储存起来。

所以，晚间吃东西，大概算人类的动物本能：为了安心度过漫长寒冷的黑夜，多吃点吧……

大概就是这道理：我们晚上明明不太饿，却想吃东西，是我们的本能在告诉我们，储存能量，熬过冬天。吃过了，满足了，才能安心地睡。

至于晚上想吃点有味道却不一定顶饱的东西，算是人类的一种自我催眠：我在摄入食物呢！——虽然并没摄入多少，却把身体哄顺溜了。

黑泽明导演曾说过：白天吃东西喂饱身体，晚上吃东西满足灵魂。至理名言！因为白天的食欲是真正需要食物，夜晚的馋不是饥饿，而是身体需要确认有食物在被摄入呢。

这也可以解释，我们晚上为啥乐意吃泡面、麻辣烫、鸡汤粥、炒饭、炒河粉、担担面、干酪、螺蛳粉这些未必填得饱肚子，但油香满溢的东西，都是为了让我们身体里的危机本能安歇下去，才能好好睡着。

所以，晚上吃点有味道的东西时，别有犯罪感。那是我们在用吃食，抚慰我们自己不肯入睡的灵魂呀！

食堂是怎么把菜做难吃的

我小学的食堂，有种神异技能：甭管什么菜到他们手里，都能给做难吃了。西蓝花蜡黄软烂，红烧肉淡而无味，土豆鸡丁净是土豆，榨菜蛋花汤见不到蛋花。

偏学校还不让我们出门吃小摊："小摊不卫生！"冬天，大家闻着门口的烘山芋香味，空自口水流。所以那些年，午饭在食堂吃，都不太快活。只一种食物例外。

我们小学，"德智体美劳"，得有劳动课。一开始，劳动课是教我们做点手工活，剪纸之类。后来食堂一拍脑门，每当劳动课，就全班去食堂，包馄饨。现在想来，大概他们图省事——只用准备皮和馅儿——我们也顺便上了劳动课，多好。

我们那里以前的馄饨，没有北方饺子馅儿那么多样，猪肉白菜、鲜虾韭黄、腐皮鸡蛋、茴香油条，都能包；也不像广东云吞有个虾球。

如果在店里吃，馅料大多逃不出猪肉、榨菜、虾干、蔬菜、葱姜这几样的排列组合。如果家常吃，惯例是包菜肉大馄饨，每个孩子自己都会包。

劳动课，我们这些孩子到食堂里，大家各自包馄饨。食堂里备好了馅儿，菜肉拌得停当，用蒜水、姜末、蛋液和得了，皮子堆得高高的。

裹馅儿，折皮，折得妥当，有角有边的好看。皮子大小厚薄是一定的，偶尔有馅多馅少，但小孩嘛，手就那么大，包的馅儿也没法多，包出来馄饨，大小也差不多。包完了，劳动课也下课了。

到中午，大家去食堂，集体吃刚煮好的馄饨，喜气洋洋。因为是刚煮得的，新鲜出锅，水灵灵、热腾腾的，好吃。因为是自己裹的馅儿，皮子和馅儿很扎实。因为是自己动手的，按照当时我们学的课文，正像老舍先生所谓"我们的饺子是亲手包的，亲手煮的，怎能不最好吃呢？刘家和孙家的饺子必是油多肉满，非常可口，但是我们的饺子会使我们的胃里和心里一齐舒服"。

当然，如果偶尔有馄饨不好吃，大家也会半开玩笑，打趣当天上劳动课包了馄饨那个班的熟识同学："今天包得不好吃！"包馄饨的孩子们，当然也要红着脸抵赖："我包得可扎实了，你吃的一定是别人包的！"

很多年后，我自己做菜了，发现西蓝花只要本身不太糟糕，白灼甚至微波炉一蒸，都不用酱油、蚝油，点一点甜辣酱就很好吃；红烧肉只要肉不太糟糕，肉、水、酱油和冰糖，稍微花点时间焖着不管就很好吃；鸡丁和土豆很难炒难吃了；蛋花汤更是不用费事，敲个蛋下去就得。

这几样菜，我现在自己都当快手菜做，也挺爱吃。

所以，以前小学食堂，是怎么能把那几道最简单的菜给做难吃的呢？为什么这么难吃了，还不让我们出校门自己吃？难道我们一群小毛孩子包馄饨，手艺还好过食堂的厨子？

后来某次过年准备年夜饭时，在厨房帮忙，我跟我爸说这事。

那会儿我爸正在做我家过年时惯吃的鱼头汤——把青鱼或鲢鱼头切开，起锅热油；等油不安分了，把鱼头下锅，

"沙啦"一声大响，水油溅起，香味被烫出来；煎着，看好火候，等鱼焦黄色，嘴唇都噘了，便加水，加黄酒，加葱段与生姜片，闷住锅，慢慢熬，起锅前不久才放盐，不然汤不白。声音好听，咕嘟咕嘟，咕嘟咕嘟。我问我爸：为什么食堂菜做得那么难吃？为什么偏是我们自己包馄饨，能做那么好吃——比食堂做得还好吃？

我爸说：你看我们自家做鱼头汤，不说味道，是不是料就比外面下得足？食堂做的菜不好吃，因为是他们做给你们吃的。馄饨是你们自己包给自己吃的，所以才好吃。

武汉的豆皮和热干面

我第一次去武汉是2006年，早春时节，住在华中科大附近。

时间有些久了，只记得当时，从科大某个校门进去，坡下左手边，有一片连起来的篮球场，少男少女们打篮球，声音噼里啪啦。再往前走，右转，就是一排宿舍楼，有一处布置秀雅的花店。

那时我自己也还是个大学生，看到林荫路下、拍球声中的花店，觉得此处有一派生机盎然的滋味。

当时招待我的朋友，偶尔打电话时会说句"今天我过江"。作为一个江南人，听得很诧异，觉得过江这样的事，说来举重若轻的？后来才知道，对许多武汉人而言，过江是一种日常。

我记得当时要出门，不辨道路，坐公车。有一趟公车路过卓刀泉——这名字太别致，一下就记住了。有一趟公车路过东湖。加上光谷和户部巷，这就是我记得住的地名了。

火车站买的地图，看看字样，觉得自己在读史书：江夏，武昌，江汉，汉南。

我后来认识过一位在武汉工作的朋友，自己是湖南华容的——赤壁之战时，刘备在夏口（大概就是现在的汉口），曹操走华容。

这种感觉怎么形容呢？我另外一个朋友，轻描淡写地说自己是寿县的，小时候常去八公山。我立刻满脑子豆腐、廉颇墓、淝水之战、风声鹤唳，激动得跳脚。真是江山如画，一时多少豪杰，说个地名，都能让人开心。

朋友带我去过早，去了户部巷。他直白跟我说，户部巷的东西并不一定是最好吃的，但对我这样的外地人合适，一次都能吃到。对我这种江南人而言，是挺震撼的。

我们那里人吃早饭，惯例是稀饭、咸菜、炒鸡蛋、拌豆腐、榨菜、肉松、皮蛋之类；也有洋气点的人家，是牛奶、面包、煎蛋。

出门吃的，油条、豆浆是常例；吃早面下浇头是有年纪人的爱好；萝卜丝饼配豆腐脑也行；豆浆配粢饭团也能边走边吃；粢饭团里不裹油条而裹肉松，就算奢侈了。大体而言，早饭是走清淡（稀饭）、甜口（豆浆、粢饭团），吃的东西也不夯实，"点点嘴"为主。

在武汉，热干面？豆皮？鸡汤？按我们那儿的习惯，这份早餐敦实丰厚，得是正餐配置了。

朋友这么跟我解释：据他长辈说，武汉是九省通衢，交通繁忙，大家起来得早，许多人还得过江，奔走多，消耗大，早饭一定得吃饱吃好，当正餐吃，才行。

热干面是我吃过香得最浑厚的面，没有之一——论味道繁杂的冲击，重庆小面；论面入口到咽下去咀嚼的快乐，陕西油泼面。但热干面的香无出其右。

芝麻酱有种粗粝又雄浑的香气，整碗面都跟着活色生香。挑起面来，拖泥带水，粘连浓稠，甜香夺人。我们那里的汤面讲究清爽，但热干面反其道而行之，像在美味沼泽里捞面。我当年吃的第一碗，有辣萝卜干和酸豆角，没别的。所以我以后去哪儿吃热干面，都习惯这样了：萝卜干韧脆辣，酸豆角酸脆，搭配芝麻酱沼泽里捞出来的浓醇面，相得益彰。

我在巴黎遇到过一个店做热干面，老板刻意将面揉细了一点，芝麻酱也选不那么浓稠的。我跟他讨论说，热干面的粗和芝麻酱的颗粒感挺重要的，他也承认，但对非武汉人而言，要欣赏这份粗粝浓厚的美味，其实还有点麻烦的——吃惯了的，会觉得这样才是唯一正确的做法。

作为江南人，吃到豆皮时，也是挺刺激的。此前我读《笑傲江湖》和郑渊洁的《郑渊洁与皮皮鲁对话录全集》，都提到了豆皮，似乎吃起来论"份"。我想象不出来。

当是2006年早春，真看见豆皮时，我都呆了：金黄酥脆一份，周周正正。豆皮香脆，糯米柔软，油不重，豆皮里是笋丁、肉粒、榨菜——我吃的其他家，还有青豆和虾米——咬上去脆得"刺"一声，脆然后糯，口感纷呈。

可惜，后来我一直没太吃到。热干面，欧洲许多华人开店都能做；豆皮，那就珍贵了。在武汉之外，我只吃到过一家店做豆皮，那是我以前在上海时常叫外卖的一家店。我还在那家吃到过糍粑鱼（鱼腌渍、晾干后煎烧）和吊锅豆腐（豆腐先炸过，表面略脆，再入吊锅里，烩入腊肉风味，汁浓香溢）。

再便是洪山菜薹。

我当日在武汉吃到菜薹炒腊肉，一吃难忘。后来在上海那个武汉馆子里吃到过几次——老板并不放菜单上卖，只是家乡给寄来时，会给熟客做一份。洪山菜薹这玩意非常神奇，浓脆甘香，味道丰富，搭配腊肉炒出来的油，无可比拟。

汪曾祺先生在散文里写，沈从文先生吃茨菰，认为比土豆格高。我借这句话：洪山菜薹炒腊肉，比起一般的韭葱炒肉、洋葱炒肉之类，多出来的就是那一份格。明明是浓浓烟火气的菜，就是透着清爽脆甜。这么一想，我会记住洪山这个地名，最初也完全是因为洪山菜薹。

江南老读书人吃东西，讲究的是清爽；百姓吃东西，好的是浓油赤酱。从一个江南人角度，我觉得，我吃过的武汉吃食，妙在浓味油脆，又不失香甜：很通达，很周到，还有点辣。早起就吃得心满意足，然后便是忙忙碌碌地奔走。

说到辣，聊个题外话。之前说过，比起金庸写吃的四干果四鲜果两咸酸四蜜饯，古龙很少写吃山珍海味场面菜，他一般只写我们能吃到的东西，很亲民。我很怀疑，他写的就是他日常自己吃的东西。

他好像很爱吃辣。说到辣菜，一气呵成。《绝代双骄》里，小鱼儿要的：棒棒鸡，凉拌四件，麻辣蹄筋，蒜泥白肉，肥肥的樟茶鸭子，红烧牛尾，豆瓣鱼。——吃口好辣！《绝代双骄》最后那段情节，发生在龟山附近——嗯，武汉。

我原想是因为古龙笔下人物比较江湖气，不像金庸那里陈家洛相府公子还要吃糯米糖藕，所以吃口油辣。

后来一转念，查了一下：古龙籍贯是南昌，年轻时又住过汉口——嗯，立刻就理解了。大概武汉的吃食，就是古龙笔下这份"大侠也要吃饭啊"的生活劲头吧？

中秋的月饼

　　小时候，曾经觉得月饼还挺好吃。到九月间，街市上就有月饼卖。最简单的月饼，酥皮，青红丝馅儿——青红丝是橘皮、萝卜、木瓜搭配糖做成的，甜而且韧。再好些的月饼，莲蓉馅儿，油香甜润。平时早饭喝粥、吃油条，到秋天换上月饼，早上一口吃了，有种甜蜜的晕眩。

　　后来月饼馅儿升级换代。果仁的，肉松的，蛋黄的。

　　本来吃月饼的快乐该因此倍增，然而并没有。

　　那时家里常有不止一盒月饼，有些是人送来的，有些是预备送人的。包装繁复华丽，龙凤锦绣，让人不敢接近。

　　比如，我在某个周日下午，打量月饼盒子，打算吃时，就会被提醒：

"这是要送人的！别吃！"

在此之前，我总以为月饼是个时令糕饼，譬如过年吃年糕，春天吃青团，吃了月饼，秋天就过了。

知道了许多月饼不是拿来吃的，兴趣便转淡。毕竟世上糕饼太多，没必要吃个月饼，都胆战心惊。

甚至隐约感到，也许好的月饼真只能彼此送，而不是拿来吃。那是大人世界心照不宣的游戏，就像过年来回推拒红包似的：红包是拿来推拒的，不是真拿来给你用的。

另一件事。某年秋天，我在外婆家，她招呼我吃蛋黄月饼。我的第一反应是："真吃吗？"因为很长时间里，我都觉得，馅儿复杂的月饼，都是要送人的，并不真让人吃。

外婆说："真吃！"

取出一个蛋黄月饼，用刀切成不均等的三瓣，留一瓣最大的、几乎包容了整个蛋黄的月饼——吃过蛋黄月饼的诸位都明白的——给我："你吃！"自己拿了一瓣，剩一瓣留我外公回家吃。我说蛋黄这瓣外婆你来吃嘛，我吃蛋黄噎。外婆推拒了半天，一拍大腿说，个么，这瓣大的蛋黄，我也来分三瓣……

我很心疼我外婆。

大概什么东西，沾了人情世故，就没那么有趣。后来年纪长了些，酒局上让人不敢先伸筷的菜肴、别人伸过来想着怎么返词的酒杯，诸如此类，都比较无趣。觥筹交错、互相致辞的山珍海味，不如自己煮的一碗鸡蛋面吃得瓷实。

如此好些年，我在中秋前都不吃月饼了。

过了中秋，月饼彻底失去了送礼的意义，过了期，也许会想起来吃一两个：少些人情世故，东西的味道也纯正一些。

当然，真想吃也有法子：出门买些散装月饼，小小的，撕开包装就能吃。

2023年9月底，中秋节。我跟爸妈打车去吃长辈生日宴。司机很爱聊，说，这几年很不易，终于这次过节能多赚点，一单接一单。说当司机很辛苦，十个最后只两个能撑下来。说世纪初他是做摩托营运的，后来不让开了；去景区做珍珠，2009年前后没赶上淘宝赚钱机会；又去做紫砂壶，不亏不赚，最后用积蓄买了辆车来跑。

"做做也就想开，人嘛终归要吃辛吃苦，没人家的好命，做什么都发财！再说了，发财的老板也辛苦的，就这样吧！过节小赚赚也是赚着，也开心！"

我们下车时给了他三个纸装小月饼（揣包里预备过节见人送的）："跑饿了可以垫一垫!"司机挺乐，当场撕开包装吞了一个。"中秋快乐!""中秋快乐!"

圆圆的月亮，甜甜的月饼，小小的善意，
这些足以温暖每一个中秋佳节。

我们是自己人了

成年的标志是什么？

各人有各人的标准，对我而言，大概是：到异地上大学后，秋天的第一顿啤酒。

年轻时在家乡，怎么吃喝，都还是在家乡。喝酒不是不被允许，但总有些隔靴搔痒。到异地上大学了，在学校里怎么消费，都还是学生。吃食堂，买教材，学生。

秋老虎过了，天气开始舒爽些时，宿舍里四个人聚头："今晚不吃食堂了！出去喝啤酒！"虽然是微不足道的豪气，但好歹是豪气。

平时在学校里，在宿舍里，彼此的交情是上课、聊天、打游戏、打球、交流喜欢的歌手（一个舍友害羞地承认自己喜欢蔡依林）、卧聊、吃食堂。出去喝酒，是另一回事。觉得自己有点像个男子汉了，长大了。

学校出去，过马路，高架桥那边，有个烧烤摊。秋凉时节，大家还不涌进门里，乐意散在门外坐，有风吹，还没蚊子。

要了啤酒，叮嘱烤串烤好便流水送上来。开了罐，先干一个！三个人的罐子碰一起了。还有位舍友在低头往塑料杯里倒酒，慢一拍，抬头一看："哦，你们直接用罐喝！"手忙脚乱地举罐来凑了个，大家哈哈笑。

烤串，烤韭菜，烤豆腐干。味道不够浓了，"加辣！"吃得嘴里呵呵喷火，吸溜一口啤酒，解辣，哈气："呼！"

吃串喝啤酒，到后来已忘了啤酒的味道，就是求个凉意，以及那"嘶"一下让人脊背发凉的刺激。喝着喝着，话也七颠八倒了。一口倾三江，一口饮五湖。

大家忽然就聊开了。平时关灯卧谈，多少还有点拘谨，而且黑暗中看不见动作，都是静静地说话。这会儿，什么都说开了。各家的事儿在空中交织，跟烤串的香气打得噼里啪啦响。

到月亮爬过高架了，爬上上海的高楼了，大家抬头看。

烧烤店老板颇风雅，这时还关了两盏灯。秋月明亮，亮得很饱满。刚才还吃得口滑、嘴里颠三倒四的几位，有一瞬间都静了，抬头看月亮。

有那么一会儿，情绪放空了。凭虚凌风似的，自在，透明，轻。我不知道其他人是不是想起来了，反正，那是我有生以来，第一次在外地过中秋。

几年之后，跟若在一起过的第一个冬天，颇费了些思量。我自己租房子时，有厨房的灶可以做饭。若是重庆人，想吃火锅。虽然上海买不到合用的重庆火锅底料（牛油太淡薄了），那会儿也没有黄喉、鹅肠、酥肉这几样稀罕物儿，但还是得吃火锅。

在上海没有空调的冬日待过的诸位自然明白，冬天吃东西，不容易吃出热火劲儿来。不是吃不饱，是吃不出汗，吃不出暖融融的氛围来。

所以，在家吃火锅？好主意。

去买了个电磁炉，买了个尺寸合适的锅。餐桌不太好移？不用餐桌也罢。家里是木地板，电磁炉搁地上，锅放上去，菜碟远远近近地摆开。拿个垫子地上一放，盘膝一坐，围炉吃，真好。

那天下了雪——上海和无锡那几年都是，大概每年冬天下一两场雪。小孩子为之激动，家长摇摇头，"下雨下雪猫狗欢"。除了2004年12月30日（那天我记忆深刻）和2008年初那场大雪，其他日子都是象征性地下小雪，所以格外珍贵。

下雪那天，去超市买了肉卷、豆皮、豆腐、金针菇、可以烫的几样菜、丸子、宽粉。自家厨房里剥蒜，捣蒜泥，下了香油，做好了油碟。

起了锅，围了炉，坐好了，开电视听着有一搭没一搭的节目当背景音。锅里下油，炒底料，炒香之后下水滚开。若闻了闻，"味道对了"，然后下锅烫。

那会儿我还在适应重庆式的辣，还在"其实辣得恨不得呵气，但脸上假装若无其事"的阶段。要怎么才能显出自己不怕麻辣呢？喝酒。

所以若一罐啤酒将将喝了一半，我已经咣当当下去两罐了。豆腐煮熟了烫？一口酒。蔬菜特别吸辣？一口酒。若时不时问我吃不吃得辣，我还得装豪迈："没问题!"

坐在地上吃火锅喝酒，人容易有个倾向：懒得起身了。想够远处的菜碟，就欠身伸臂。吃热乎了，吃暖了，也可能是喝好了，两个人都吃热了，脸发红，眼发光。

若说停一停吧，肉吃完了，一会儿接着吃豆制品和蔬菜，"这算上半场"。我说好，一口喝完手里那罐剩下的酒——在没有新的辣入口前，那一口酒格外美好。

"出去看看雪怎么样?"只有喝到半醉、还有点热的人，才会忽然想到这个主意。我和若起身，披上外套，出门，到小区院子里。雪下得细碎，地上积了薄薄一层，攒不成球。没法跨步踢雪，只能看细雪飘下来，在彼此头发上凝结闪光。被雪与冷风一激，醉意似乎消了些，但一切都还在莹然生光。

有那么一会儿，仿佛灵魂出窍。仿佛也忘了吃，忘了喝，忘了冷暖。是一种需求获得满足之后的自在和轻快，看见雪纷纷然落下来，彼此笑笑："真好。"

但两个人在雪里站了一刻，又冷上来了："回去回去，接着下半场!"像两只快乐的鸭子似的，扑腾跳着回房间去，关好门，坐下，点起锅来，接着吃，等锅沸之前，先又喝一口酒。

上海和无锡近，所以在上海那些年，每个月我会回家一两次。若第一次到我家时，我妈还颇为拘谨，做饭做菜，仿佛等候长官检阅，还总对我爸恶狠狠地，觉得我爸爱吃生蒜、爱聊天、爱喝酒这些毛病，都该隐藏起来，以免吓跑了若。来回几次之后，熟了，也就好了。

我爸爱喝酒，冬天白酒，夏天黄酒。我妈为了控制他的饮酒量，时不常哄他，跟劝小孩子似的。我爸每逢我回家，多少会表示"孩子都回来了，让我喝点酒嘛"。我妈则劝他少喝点："啤酒好不好？"但逢若在时，我妈尽量不让我爸喝酒，怕失态。

那年春花开时，我们回家，吃腌笃鲜：猪肉咸肉洗净，大火烧开，加点儿酒提香，慢火焖，加笋，开着锅盖等。手艺好的阿姨自有诸般火候控制，手艺没把握些的，如我，就可以盐都不放，按时放肉放笋焖就罢了——我们那里方言，笃略等于炖。我们那里腌笃鲜照例一大锅，少了不够味道。一大锅配饭吃不了，我爸就又跟我妈提要求："我要喝啤酒。"

我妈不许，对他大使眼色，使得我爸一脸委屈。我看了，就说："妈，我也要喝啤酒。""我也可以喝一点的。"若说。我妈怔了怔。

于是一家喝上酒了，就着腌笃鲜。吃笋，吃肉，吃我妈放在汤里煮的百叶结。我爸喝酒喝得眉花眼笑，嘴也没了个把门的，开始跟若说我小时候的事。若喝酒很平静，但一口一口地，一罐酒也就下去了，面不改色。我妈有点诧异了。

跟我一起去厨房端配菜时，小声说："看她斯斯文文的样子，酒量倒是不小，喝酒一点都不显。""她爸爸据说就喝酒厉害，她这是虎父无犬女。""哦哟喂，厉害的！""会喝酒算坏事吗？""不算不算，好事。就是吧……"我妈瞪了一眼吹牛吹高兴了的我爸，"你看看他，一喝酒就上头。"

事实证明，那实在不是坏事。那天一家人都喝了点，以至于我爸妈高兴得，之后拽着若说长道短，到得晚间，我妈一边兴致盎然地给下荷包蛋汤面让全家吃，"喝了酒是要喝口汤的"，一边继续追着唠。

那会儿，真觉得，又一道绳纽解开了，一切都变得清爽了。

2008年夏天，我陪若回重庆，因为没有确定名分，所以她回她家住，我自己在外头住酒店，这么过了三天。

每天晚上，我独自在坡边，要一个锅独自吃。岔腿对着一个锅，下串串，喝啤酒，喝完一瓶再要一瓶。我一个人吃了五十三个串，两瓶啤酒。鲜香猛辣，直吃得嘴里一片噼里啪啦，许多辣像烟花般烫舌，满嘴的香。但最后数串串又数啤酒瓶结账时，才觉出寂寞来。

数完串串结完账，一个人沿着山路下坡回家时，因为喝多了，走得步子松泛，想唱歌，唱了半句，就觉得自己像醉汉一样，还是算了。如果身边有人，走着唱唱歌就不会那么突兀。

当然，下一年，就正式"登堂入室"了。

被若家里人请吃老四川的牛尾汤和灯影牛肉丝，请吃陶然居的芋儿鸡和辣子田螺。若私下里拉我去吃重庆小面，吃油茶。之后是去丘二馆喝鸡汤，去吃各色江湖菜，去江津喝当地米酒，去大足吃莲藕。

再后来，终于被拉到街边，看着江水，吃起了火盆烧烤，喝起了啤酒。若的父亲——我如今的岳父——那时就一边喝着酒，一边拍拍我："你们要好好的。"

若跟我说，这就是重庆江湖饮食。越把你当自己人，越请你吃这样江湖的、地上的、烟火气的吃食，越是请你喝爽快淋漓的酒。围着火盆，吹着江风，一口酒下去，"你就真的是自己人了"。

初到上海的秋月，冬日火锅，晶莹的雪，春日花开时解开气氛的欢笑，夏日重庆江边的风……

解开拘束，自在的愉悦，铭记于心，都在一杯酒里。"从此，你就是自己人了。"

我和若起身，披上外套，出门，到小区
院子里。雪下得细碎，地上积了薄薄一
层，攒不成球。

糯米的味道

《西游记》，孙大圣给朱紫国国王吃了"锅灰+马尿"的乌金丹，通了国王的郁结：原来病根是个未消化的糯米饭团。当时看了，感同身受。相声里会说，年糕吃多了"抓心"。糯米吃多了，确实会给人粘滞感，五脏六腑都被揪住了。

为什么吃时感觉不到呢？大概是因为糯米太好吃了。

糯米做的，最有名的自然是粽子，西晋时就有，叫作角黍，过节时吃的，本质是时令点心。

我们那里过年不吃饺子，但都得学包粽子、包馄饨。馄饨者，抹馅、折、叠可也，粽子就复杂得多。左手成筒，围定那叶子，右手舀米，屡屡失败，恨得咬牙切齿。那时只觉得：糯米滑黏，还比家常吃的米长，很费事。后来跟北方朋友聊，听他说用江米包粽子，不胜向往，"居然能摆脱糯米的纠缠！"后来知道糯米就是江米，摇头长叹而已。

宋朝的《事物纪原》里，提到粽子有加枣子、栗子与胡桃这些花色的了：这几样都偏甜。之后的甜粽子，应该都是这么下来的：加枣，加豆沙，偏甜，当时令点心吃。

咸粽子说是咸的，其实很细分，不只是加个盐。比如嘉兴肉粽、温州肉蛋黄粽、四川"鬼饮食"所谓椒盐粽，潮州还有往粽子里加冬菇虾米的，广东还有加火腿腊味的。肉粽子中，肉蒸得透，丝丝缕缕的香浓，连带糯米也好吃了几分。

我故乡那里，甜粽和咸粽都吃，但略有区别。老一辈人的习惯：甜粽就是点心，如端午节前后的早饭，白粽蘸点糖，就能应付了。咸粽是稍庄重一点的小吃，甚至可以当主食或宵夜吃。

西南有种吃法，我的重庆长辈叫作黄糕粑，老做法是糯米包起来蒸了吃，和甜粽吃口有点像。

吃白甜粽有一点与吃油条是通的：都爱吃那点儿尖。吃馅儿粽有一点与吃包子是通的：吃了馅儿后，特别满意被馅儿汁濡透了的粽子或包子皮。

糯米本身黏滑，且有无可复制的"糯"口感，加油条则糯脆交加，境界全出，又糯米善吸味，所以白糯米饭香得幽淡，像佳人在水一方，加了肉汁之类，就香得浓厚切实。

我在上海时买三丁糯米烧卖吃。《儒林外史》里有所谓"猪肉心的烧卖"，我在广东吃过鲜虾、牛肉等诸般烧卖，在南京吃过蛋烧卖，在北京吃过牛羊肉烧卖，但先入为主，总觉得糯米烧卖略胜一筹。其中丁又不同——笋丁、豆腐干、猪肉、牛肉——但还是糯米为主。皮薄馅糯，其间夹着各类或脆或韧的碎丁，味道极多变，用来下汤下茶都好。

烧卖蒸出来极香。日本漫画《孤独的美食家》里，主角买了个烧卖便当上火车，一打开盒子香味扑鼻，全车都在念叨"烧卖"，搞得性格内向的主角一时手足无措。

武汉豆皮是让人魂牵梦萦的物事，我自当年武汉一游，洪山菜薹、热干面都还罢了，只是此后每去一家武汉馆子，总是得叫份豆皮。煎豆皮酥脆，其中馅如豌豆、榨菜、肉丁、虾仁等华丽多变不必说了，而承载这一切的又是糯米。糯米被豆皮、内馅一熏，其味酥融，与豆皮黄白相映，端的是金玉良缘。

关于"糯米吸味"，最好的例子是广式早茶里，刚蒸得的糯米鸡。其余如糯米鸭、糯米蒸排骨等，都是同样办理。裹糯米后一蒸，氤氲白气中糯米香糯黏滑的温柔本性尽出矣。江南人无孔不入，藕孔也要利用来塞糯米，蒸透之后加糖桂花就是桂花糖藕，口感如神。

无锡人和上海人，早饭惯例吃粢饭团，惯例是糯米裹油条包紧，内层加糖。如果是新捏制出来的，外糯而内脆，甜咸交加，配热豆浆吃，吃完了，才好抵抗朝寒凛冽的上学天。我长大后去上海，见过其他样式的粢饭团：加肉松的，加火腿肠的。后来回家乡偶尔一问："除了加油条你们还加什么不？"对面眼一瞪："我们只做这种！"老一辈人还要教导我们："我们以前，粢饭团都没油条加，看看你们！"

2006年初的冬夜，有人敲我在上海出租房的门。开门，是个朋友。平时很乐呵一个人，有个奇怪的专长，是手绘欧洲各国首都的大致地图。当日见了，红眼眶，脸泛黄。"佳玮，好不好借我点钱吗？""要多少？""你有多少？"

我们去了小区门口银行ATM机，我问他要借多久，他说一个月，一天都不会晚。我说好。把银行卡数字给他看，算了算自己一个月的开销，把剩下的钱取出来打给他——那时大家都穷，自然有穷人式的坦诚，毕竟也就那么十几张纸。他接过了钱，没数，掖进衣兜，扣好扣子，深深给我鞠个躬。"到你家，拿纸，我写个收条吧。""不了吧。咱们心里有数就行。"他又深深给我鞠个躬。

开春时节，早上，敲门声。我开门，他来了。头发比一个月前剪短了些。"佳玮，我来请你吃早饭。"

我们去门口早点摊矮凳上坐下，要了豆浆。他问老板要两个粢饭团，一个油条加火腿肠，一个就普通加油条。他把加了火腿肠的那个给了我："你吃这个！"

然后，兜里掏出一个纸包来："钱！"我拿过来才想起：噢，对，一个月了。

我拿过钱来，没话找话问他："问题解决了吗？"他摆了摆头："差不多，还好。""好！"

油条配火腿肠的粢饭团，嚼上去有肉的韧感、油条的脆和糯米的软，甜咸交加，很香；热豆浆下肚，四肢都暖和。

我吃了粢饭团，喝了热豆浆，遍体舒泰。暖和了，饱了，抬头看街边的树，鸟叫起来了。

他也吃完了，说先走。我回家去，打开纸包，把钱放自己钱包里；放时觉得不太对，数了数：比我给他的多了三张。我拨他电话。

"钱多了。""我知道。这是我谢你的。我问了很多朋友，只你一人借我了，真的很谢谢你。我手头还不是很宽，所以也没法多还点，只好请你吃个早饭，但这是我实实在在真心请你的。我想着，瞎慷慨请你吃顿好的，不如直接把钱给你。""别这么说，这么吃早饭，我觉得挺好的了。""那就好。我也觉得好。跟好朋友坐一起，吃什么都觉得香。"我想不出该说什么，"开春了，都会好的"。"是，都会好的。"

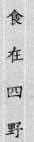

二　食在四野

曾经的黑暗料理，以后的经典吃法？

西瓜+山羊奶酪+蜂蜜。这搭配能吃吗？

能吃，还相当地好吃。

我见到这甜品，是在希腊基克拉泽斯群岛上某岛的某个馆子。主厨就是店里老板娘，她爸爸是日本血统，在巴西长大，妈妈是希腊国籍的德国人，她自己又在泰国读过书，如今人嫁在希腊，所以做起菜来，相当地海阔天空。

就在这道甜品前，她刚端出来一道菜：舞菇+鱼肉末，裹粉加榛子碎油炸后，蘸泰式甜辣酱吃——吃着也不错。

按她的说法：放下已有成见后，什么组合都不妨试一试——也许就能发现真正的完美搭配呢？

当然，类似的奇怪混搭，各地都有花里胡哨的做法——

虽然很容易招初见者疑惑。

比如20世纪70年代，美国西海岸就有杂志宣称：日本传统爱吃的鲔鱼刺身+酱油，并不是最优搭配，酱油完全可以用蛋黄酱代替！——鲔鱼刺身+蛋黄酱，当时老派日本人看了直翻白眼，但试过的诸位大概明白：嗯，是挺好吃。

我有位朋友，在巴黎的名店"蓝色列车"点了当日厨师推荐菜：鲑鱼蘸芝麻烤，搭配两种酱汁，一种是酱油，一种是第戎芥末搭配芜菁末。她狐疑地观察半天，问我："这是法国厨师做的吗？怎么这调味怪怪的？"

我说：不妨试试。觉得好吃就吃，不好吃就不吃！——人家开店的图挣钱，也不会故意吓跑客人吧？

像比利时的店，常爱用华夫饼搭配冰淇淋；布鲁塞尔恰有不止一家小店，会提供炸薯条+冰淇淋的餐后甜点。乍听有点古怪，但油炸碳水+冰淇淋，热脆糯+甜冰凉，实是绝配。

同理，薯片+巧克力酱也可以搭配：咸脆+醇浓的口感，吃惯了，特别上瘾。一旦习惯了这口味，就可以尝试培根就花生酱了：咸脆浓滑，完美比照。当然，培根也可以就香蕉：培根脆咸，香蕉甜软；这两个打进奶昔，或做成三明治馅料，都很值得一吃。由此延伸，香蕉搭配一切咸苦味道，都余韵悠长：比如，香蕉打成泥，搭配加盐咖啡，喝过一次的都难忘。

像香瓜或番茄+火腿，甜咸搭配，这在西班牙很多地方都吃得到，夏天下酒一绝。

干酪就葡萄酒，在法国很常见，但我在勃艮第就见过小店，会给不喝酒的客人来个干酪就桃子酱或杏酱或草莓酱或蓝莓酱，搭配西柚汁。

而希腊山羊奶酪+蜂蜜+火腿，搭配杏子酱呢？听起来奇奇怪怪的，但试过一次的，都会觉得：除了不够冰之外，简直是完美甜品！

我自己某次清理冰箱，想把剩下的料杂炒一锅。心里寻思：传说梅兰芳前辈以前吃北平恩承居的鸭油炒豆苗，甚有心得，那我用鸭油来炒剩的菠菜试试？加点剩的鲑鱼碎和鸡蛋？——事实证明，鸭油炒一切蔬菜或味道不重的东西，都很香。所以鸭油鲑鱼菠菜蛋炒饭，也大有可为——虽然在别人眼里看来，大概就是乱七八糟的大杂烩黑暗料理？

只是细想想：多少曾经的黑暗料理，其实已是如今的经典美食了呢？

比如南北朝时，王肃在南朝喝茶吃鱼羹，到北朝吃羊肉酪粥，泾渭分明；后来大唐朝南北统一，物资流通，白居易感叹"稻饭红似花，调沃新酪浆"——南方的稻米饭和北方的酪浆可以一桌吃了，王肃大概想不到吧？

比如，19世纪吧，摩洛哥得到了大量绿茶，当地人往里头加了大量薄荷与糖，做成如今摩洛哥人见人爱的薄荷茶。

比如，辣椒从美洲传到四川，与花椒、酱油、姜汁一起，成了宫保鸡丁的调味料：墨西哥人大概都想不到能这么做。

有许多所谓的"原汁原味的本土搭配"，其实更多是限于当时的地理条件；一旦流通到了异国他乡，遇到他乡的食材，就能激发出类似的神奇。咖喱传到日本，日本人就想得出咖喱面包；红茶传到英国，英国人就敢往茶里可劲儿加砂糖，还搞出一堆极有仪式感的下午茶。

所以，西瓜+山羊奶酪+蜂蜜、鲔鱼刺身+蛋黄酱、冰淇淋+炸薯条、酱油+波本威士忌蘸酱用来蘸牛排，也都是交流融汇的产物。像韩国人喜欢的芝士泡面这种吃法，20世纪之前大概不存在，但不妨碍现在好些人都觉得：不妨试一试。

　　我跟那位提供西瓜＋山羊奶酪＋蜂蜜的老板娘聊天时，她很看得开：说如今的希腊人，也早已不是古希腊那会儿了；说如今大家用的智能手机，穿的T恤、牛仔裤，开的汽车，那都不是古希腊英雄们可以想象的；大家都或多或少跨文化生活着，同时享用着全球化的好结果，那饮食上，也没必要太拘泥吧？

　　放下已有成见后，什么味道都不妨试一试——也许就能发现真正的完美搭配呢。

　　想想，也是。毕竟如今的许多经典搭配，当初也被看作是黑暗料理；那今时今日的黑暗料理，安知不会成为以后的经典吃法呢？比如，王肃的时代，南方人饮茶吃鱼、北方人吃酪吃肉，但今时今日，乳制品＋茶，不也街头巷尾人手一杯了吗？

肚里有油水才解馋

某年冬天，我住在一个暖和但荒凉的地方，每顿饭都得自己做。

带来的调味料，一大罐豆瓣酱，一大瓶老抽。当地买得到蜂蜜和猪肉。

猪肉最简单的做法，自然是白煮肉片，蘸酱油、蒜泥。但那做法太挑肉，且我没有片肉的手艺，做不到晶莹剔透、其薄如纸。罢了。白煮汤，得就萝卜、茨菰或冬瓜才好。空煮，吃多了腻。

来来回回，还是红烧肉和回锅肉吧——于是做了许多次红烧肉、许多次回锅肉。做多了之后，也有点心得了。

调味料紧缺，冬日又懒，赶上晴天午后得闲，于是做红烧肉，学苏轼的做法：懒得炒糖色、放八角茴香之类了，就多放水，小火，别的不管。猪肉洗净，冷水加姜，泡一刻。大火煮沸，舀去血沫子；小火炖，不催它，等火候到，放老抽下去，接着炖。

初时有肉腥气——好像日本人特别讨厌这个，总说猪肉很臭，我倒觉得没啥——久而久之，没了。

出门一趟，吹了冬天的风；回屋里，觉得已有肉香，扎实浑厚，黏鼻子。

肉已半融，肥肉半透明，瘦肉莹润。下了老抽，继续小火，又收一小时，下冰糖，开大火；冰糖融，汤汁黏稠，猪肉红亮夺目。

切了葱花撒下，真好：红香绿玉，怡红快绿。纯粹酱香肉味。不好看，但算禁吃。

闻馋了，就夹一块先吃。柔糯香浓，黏腻松滑。一筷下去，肥肉瘦肉自动滑脱；入口自然解开。

如此炖出的肉，还有点嚼头，只是纹理自然松脱，像是累了一天回家，脱了鞋子赖在沙发上那点劲头。

本来嘛，人累到这种时候，就要以形补形，靠吃点这么懒洋洋的肉，才能觉得生活幸福。

我故乡无锡也有馆子做回锅肉，一般和青蒜辣椒小炒肉没区别，还有店铺往里头加豆腐干。我后来去了川渝，才发现重庆、成都的回锅肉，比我们那里的回锅肉劲爽得多。选肉更精，切肉更薄，豆瓣酱当然更正宗，炒的火候更凶猛。出来的味道，脆浓得多。

为啥切得那么薄？我听两位老师傅讲过不同说法。一个说，回锅肉回锅肉，是祭肉回锅。祭肉白煮，就看刀工。供完了，回锅炒红。既对祖辈尽孝，又好吃。又一个说，川菜以前有烤方——类似于烤乳猪——只吃皮，那么剩下的肉就做回锅肉或者蒜泥白肉了，加个汤，就是一猪四吃。

我也不知道哪个是对的——好吃就好了。

我自己做，那就比较糙了：刀工差，切不了那么薄——有那刀工我就做蒜泥白肉了——但好在回锅肉有个炒的过程。所谓片片似灯碗，盏盏冒红光。大油大火，把油逼出来些，就好。

如果一整个下午都空着，响晴白日，闲来无事，就焖上一锅红烧肉。一下午闻着肉香，晃晃荡荡。多加点水，焖一锅软软的米饭。肉铺在饭上，肉汁濡润，慢悠悠地吃，吃个入口即化的温软。吃完了肉，留着汁，下一顿可以浇在煮软的宽条面上，吸溜。

如果已近黄昏，想来个急菜，回锅肉吧。大火急炒，香味凶辣扑鼻。煮一锅口味筋道的米饭，一口略焦脆的肉，一口饭，吃得人稀里哗啦。

回锅肉不像红烧肉那样多汁，但妙就妙在爽脆。而且不止用来配米饭好，配面、馒头、饼，甚至烤到略焦泛甜的红薯，都好。

我第一次对回锅肉有深刻印象，是看电视剧《红岩》。宋春丽老师演的江姐带头绝食抗议，陈宝国老师演的徐鹏飞没辙，只好安排美食来诱惑："打牙祭打牙祭，白米饭回锅肉！"可见对饥饿的人来说，回锅肉最解馋。

《天龙八部》里，段延庆关了段誉和木婉清，给他们送饭，也是红烧肉——关饿了，还是这个最好吃。

还是红烧肉，《许三观卖血记》里有个段落极精彩。当时情况很困难，没肉吃，许三观空口给孩子们描述红烧肉做法，说要半肥半瘦的，孩子们都大叫不要瘦的，要全肥。全肥肉当然不那么好吃，但我们都知道：饿过劲儿的人，就想吃点油的嘛……不爱吃？饿了就爱吃了。

金庸在《书剑恩仇录》里，让红花会群雄捉了乾隆去杭州六和塔，专门饿着他馋着他。明明看得见，嘴里吃不上。

　　其间有处细节：乾隆被红花会饿了两天，忽然闻到一阵葱椒羊肉香味，宛然是御厨张安官的拿手之作。果然，红花会诸位给他拉来了张安官，给做了一碗"燕窝红白鸭子炖豆腐"、一碗"葱椒羊肉"、一碗"冬笋大炒鸡炖面筋"、一碗"鸡丝肉丝奶油焗白菜"，还有一盆"猪油酥火烧"，真是琳琅满目。但首先吸引了乾隆注意力的是葱椒羊肉——为什么是葱椒羊肉？

　　都知道金庸喜欢大仲马。大仲马的《基督山伯爵》结尾，大反派大银行家唐格拉尔被罗马强盗们抓了起来，挨饿。强盗们故意在他面前吃黑面包和生蒜、吃鹰嘴豆烩肥肉，馋得唐格拉尔急火攻心；妙在唐格拉尔开始还嫌强盗们粗野，但闻了生蒜味，就想到了自己在巴黎豪宅里，吃到的Mirotons——洋葱牛肉。

　　金庸这里固然是致敬，但的确，洋葱和肉类，味儿大，解馋。凭你之前多么锦衣玉食，稍微一饿，闻到葱椒羊肉、黑面包和生蒜、鹰嘴豆烩肥肉的味道，立刻就对肉热爱起来了。

　　说到这个鹰嘴豆烩肥肉，刚开始觉得新奇。我小时候没见识过鹰嘴豆，初读这段时，还想象鹰嘴豆啥样；后来吃到了，也就明白了。地中海东岸许多地方，习惯用鹰嘴豆泥蘸一切，加柠檬、大蒜、芝麻什么都行，挺平民的吃法。

说来豆制品搭配肉类，也不稀罕。我外婆祖上常州人，她做黄豆炖猪脚可谓一绝。单是黄豆猪脚，略下一点盐，慢慢熬，自然香浓，黄豆软塌，猪脚黏浓。我外婆常说，吃猪脚黄豆吃得嘴被粘住了，就是说吃够了，不能再多吃了——剩下半锅明天吃！

日本人有过一个说法，认为东方人爱吃的鲜味，主要来自豆制品和鱼类，日常体现为酱油和鱼露；西方人则爱吃乳制品的鲜味，所以奶酪和牛肉吃得欢腾。但我以为不尽如此。

美国南部许多地方，也爱吃豆子炖猪肉甚至猪内脏，炖得软烂喷香。这不，大仲马笔下，19世纪意大利人吃鹰嘴豆烩肥肉也很快乐，可见豆制品＋肉类的鲜美放诸四海而皆准，人人都爱吃。

至于豆制品＋肉的终极美好，当然是酱油＋肉——哎，又回到红烧肉了！

电视剧《武林外传》里，邢捕头赶上饥荒，行乞回到七侠镇，见了烧鸡几乎感动落泪。

乞丐小米问他："这么油的你也敢吃？"邢捕头的回答是神来之笔，没饿过的，没法铭心刻骨地明白这句话："油解馋！"

当然，第二天，找回尊严的邢捕头又进门要茶喝，还得意洋洋地宣布："吃多了，要刮刮油。"肚里有肉了，便有余地显摆了吧。

大概，最是那些不知人间疾苦的、能随便吃到冬笋大炒鸡炖面筋、鸡丝肉丝奶油焗白菜的——或者是明明知道人间疾苦，还为了死要面子假装不知道的——才会装模作样，说些诸如"这肉啊是真不能吃"，才会觉得世上有比让人吃饱肚子，更重要的事。

把这路人关上两天，给他闻一闻洋葱牛肉、鹰嘴豆烩肥肉、红烧肉、回锅肉，怕不是眼泪和口水都要一起流下来，并且真心诚意地承认：说破大天，世上还就是大油大肉，最美好，最解馋。

海　味

古人说山珍海味，海味这二字，搭配得很有趣——为什么不是山味海珍呢？

我觉得，山珍如笋菌荪菇，多清鲜，张岱、李渔这类古代读书人，大概喜欢得很。山珍松馥脆爽，吃了不朐不腻不上火，还挺健康，飘飘然有神仙之概。

海味则多厚郁。相当多海味，并不负责提供如湖鲜河鲜那份小家碧玉的淡雅，但有肉头，有风味，美。所以，海味，是味道的味。

比如，明太鱼——正经该叫它黄线狭鳕。挑剔的食家，会觉得这玩意高蛋白低脂肪，肉头粗，吃口"柴"。用我一位长辈的话说，不管是烤是蒸，都不够"润"。

但我一位朝鲜族朋友却说，这玩意好得很。明太鱼洗干净，挂起来晒，天寒地冻，挂硬了，挂香了，撕一条鱼肉下来，刺啦一声，嚼；放锅里熬五花肉，也好；鱼皮包上米上锅蒸，端出来吃，蘸自家晒的酱，香得人能闭住气。一口鱼皮饭，一口粗鱼肉，一口菜蘸酱，有种粗豪勃然的生机。

晒干了的明太鱼，还能煮粥。都说日本人制鲣节来调味，煮粥熬汤焖面做大阪烧，都用得着木鱼花。其实明太鱼晒干了煮粥熬汤，也是美味绝伦。阳光与鱼的光合作用，能酿制出最美妙的鲜味来。

日本人还爱吃明太子，而且挺挑剔。20世纪80年代，日本人空前有钱时，睥睨天下，啥好吃的都看不上，尤其讨厌韩国人，逮着机会就要说韩国人坏话。唯独一点：那年头东京的老店也对各色老食客承认，制最好的明太子，得用明太鱼的卵，搁在酒腌过的昆布上，腌个几天后，轻轻拍上适量辣椒粉——细心得犹如俄罗斯人给鲟鱼卵上盐——然后腌成所谓辛辣明太子。这个辣椒粉，须是韩国产的辣椒才正宗。而最好的明太鱼，还就是我国东北到朝鲜半岛一带产的。

海明威在《老人与海》里写老渔夫把金枪鱼当饭，觉得血气饱满，营养充足，告诫自己得连汁带液吃下去，才对得起这条鱼。

与之类似，好的明太鱼，从头到尾，一点都不该辜负：皮能包饭，肉能下粥；撕了吃，炖着吃，鱼卵还能做成明太子。类似的借鱼味给饭增色的方法，就不仅限于明太鱼了。

西班牙人的杂烩饭，就有用墨鱼的；有些地方为了夺目，甚至直接上黑乎乎的一份墨鱼饭，大概显得墨鱼从头到尾，都被应用到了吧。一般瓦伦西亚的杂烩饭，加点鸡肉、青豆、虾，就算有味儿了；主要的调味，还是橄榄油和藏红花。但加了墨鱼之后，就真正是海味十足了。吃不惯的人会觉得略咸，得加柠檬汁才罢；喜欢的人会觉得，这才是大海的味道——顺便来杯卡瓦斯酒或者sangria，就更对了！

有一种墨鱼吃法，不知道是哪里原产的，但发明者大概是亚洲人无疑。墨鱼逮到后，洗净掏空，米焖其中，蒸熟后，切了吃。一圈墨鱼一口饭，味道浓咸。这和明太鱼包饭，有异曲同工之妙。

日本人有所谓盐辛，是各色鱼的内脏，也包括鱿鱼，搁酱油里腌得的，下饭下酒皆宜。墨鱼也能这么拾掇：抓了墨鱼，焖酱油里放着，过几天拿出来就米饭吃，鲜得很。

海味的妙处是，一旦凝缩成了干，鲜味也就凝缩了，且日久不散；到需要时发开来，鲜味流溢。墨鱼干就是如此。到冬天，希腊基克拉泽斯群岛便有卖晒得的墨鱼干的。拿回家里做墨鱼饭也罢，发开了炒青椒洋葱也罢，都很鲜。最懒的时候，墨鱼干发开了，打个鸡蛋进热水里，就是一锅墨鱼蛋花汤。墨鱼干没发开时，灰头土脸；发开之后，莹润鲜跳，而且味道膏腴。夏天配萝卜，冬天配冬瓜，但凡这些借一点鲜味便厚润的菜，被墨鱼干一激，就能飞起来。

只有一小点问题：

欧洲人有过一个理论，认为东西方人喜欢的鲜味不同：西方人喜欢蛋白质的鲜味，如乳酪、牛肉等；东方人则喜欢大豆的鲜味，比如酱油。海味当然鲜，但对内陆居民而言，海味的鲜有点凶猛了。我有长辈每次去海边吃东西，眉飞色舞，形容说"鲜得眉毛要掉下来"，但大多数非海边居民所习惯的鲜，怕还是温润的、含情脉脉的、润物细无声的、"母亲煲汤"式的、温存的鲜吧？

这样的鲜，也是有的。

福建有个招牌妙物，是为肉燕。猪腿肉配番薯粉，能打出燕皮来。裹上馅儿吃，让人感叹。巴黎十三区有老闽馆子，我见过一道肉燕，让自诩吃惯越南粉、自以为也很懂亚洲饮食的法国人感叹，问这是什么皮："这皮是肉做的？所以这饺子是肉包肉？"

与之类似，潮州有鱼饺——不是鱼肉馅的饺子，是鱼肉打成鱼蓉，加淀粉做成饺皮，另外包馅儿吃。用法国人的感叹："鱼包肉？！"毕竟是出产了鱼丸的地方，怎么折腾，我也不会诧异了。

我问过一位老人家，何以要不辞辛苦，做出鱼饺这么巧妙精致的东西，他说了一个角度，我从没这么想过。

我们内地人，习惯的是吃地里生地里长的东西，吃个海味就新鲜，毕竟物以稀为贵。比如一道海味，大家众星捧月，用来下米饭，用来炒蔬菜，不一而足。因为不是海边生活，海味稀缺。

但海边生长的人们，大海就是他们的庄稼。他们处理鱼肉，恰如我们处理面粉那么熟练。鱼肉加盐与淀粉即有弹性，可以做成饺子皮，对他们而言是日常操作。

那位前辈最后说了句："我和家里人以前赶海的时候，船上鱼多米少；你们是吃鱼下饭，我们是吃饭下鱼啊。"也许海边饮食，就是这样的思维方式吧。

南方人饭后，似乎都爱吃点滑凉之物。我在桂林时，每个米粉店外都有卖龟苓膏的；在重庆，吃完火锅，惯例是该冰粉、凉虾、西米露走一碗；在海南，抱罗粉店旁常开着清补凉。

日本人则有寒天，拿来搭配红豆、羊羹之类。寒天是从石花菜来的。在泉州，这种石花菜熬出凉滑爽口的吃法，叫作石花糕。

龟苓膏里现在有没有金钱龟了，我不知道；但石花糕却确实有石花菜。漳州的四果汤，在我看来和清补凉很像；大概论历史渊源，石花糕还更古一点。袁枚《随园食单》里说石花糕："将石花熬烂作膏，仍用刀划开，色如蜜蜡。"

妙在石花糕不止这一种吃法。还是袁枚，有所谓酱石花："将石花洗净入酱中，临吃时再洗。一名麒麟菜。"

明明有古韵，有来历，但大概因为没有如日式甜品或台湾奶茶店似的满世界开，所以名声没传遍世界吧。

所以我时常为潮汕菜感到可惜：明明有自己自成一套、博大精深的体系和审美，而且将海味发展到了极致，但因为如此依靠食材和原产地——内陆城市很难见识到——于是无法遍地开花。海味并不只是海鲜陈列，而是一整套饮食思维。如上所述，对海味的世界而言，大海就是海味的庄稼，从调理到制作都是另一套方法。

想尝试大海的味道，大概，也只有到海边去吧！

喝茶的口味

古代许多雅人，常把茶写得神乎其神。

《红楼梦》里有名的一段喝茶：妙玉请钗黛二人喝"体己茶"，看着是闺蜜才有的待遇。但一听黛玉问"这也是旧年的雨水"，妙玉便"冷笑"，说是"大俗人"，后来又说宝玉喝茶如果多了，就是解渴的蠢物，和饮牛饮骡一般。

民间也有故事，说陆羽饮茶，能轻松辨别扬子江心南零水和江边水；《三言二拍》里，王安石喝茶时能分清三峡各段之水，还顺便嘲笑了苏轼。

明朝张岱写过一个茶故事，说有个喝茶专家闵老子，乍看性格怪僻，但一见张岱能识别出几种茶来，就大笑，遂与定交。

喝茶似乎和品位挂钩，一盏茶就能分雅俗。真有这么神奇吗？

唐朝人爱喝茶，众所周知，但口味与今不同。茶圣陆羽有《茶经》，其中如何制茶，说得明白：二月三月四月间，采到鲜茶，蒸之，捣之，拍之，焙之，穿之，封之——行了，就成了茶饼了。

待要喝时，茶饼在文火上烤香，碾茶成末，滤去碎片，煮水，调盐，投茶，三沸时加水止沸。煮罢，分茶，趁着"珍鲜馥烈"时喝。茶叶碾粉，煮热加调料，一起下肚。

与现在日常喝的泡茶，大大不同。

宋朝人也是爱喝茶的，而且和唐朝比又有了区别。按朱翌的说法，唐朝是随摘随炒，宋朝是得茶芽后蒸熟焙干，就是散茶。然而宋朝上等人，似乎更中意片茶：那是榨了茶汁，碾成粉末，压制成型而成，还要加其他香料，做成团茶。

苏轼有"独携天上小团月，来试人间第二泉"的句子，小团月就是团茶。但他似乎也并不觉得，茶加了太多香料是好事。

苏轼读过唐人薛能的"盐损添常戒，姜宜著更夸"诗句后，认为唐人饮茶味道太重，有"河朔脂麻气"，味道太凶了！

又说，唐人煎茶还用生姜和盐，在他的时代——苏轼是北宋后期人——还这么做的，就要招人笑了。

宋徽宗赵佶口味又偏清淡，所以在《大观茶论》里也说："茶有真香，非龙麝可拟。"——茶的香味，可不是添加的香料可以比拟的啊！

在宋朝，茶饭二字，一定程度上，已经可以指代饮食了。杨万里写"粗茶淡饭终残年"，陆游写"茆檐唤客家常饭，竹院随僧自在茶"。

北方也喝茶。《大金国志》说了个细节：金国普通人家，女婿来下聘时，要请他喝酒喝茶，请吃蜜糕，叫作"茶食"。

入了明朝后，之前流行的各色香料茶，也相对减少了，追求本真香味的喝法多了起来。

按《酌中志》，内廷喝茶多喝六安、松萝、天池、绍兴、芥茶、径山、虎丘茶。按《两山墨谈》："六安茶为天下第一。有司包贡之余，例馈权贵与朝士之故旧者。"

但是另一方面，茶饮的清淡口味，并没一统天下。

宋朝时临安的铺子，就有卖绿豆水、卤梅水等现成饮料的。后来嘛，可以看看我们熟知的《水浒传》中王婆的茶店。《水浒》是元末明初的书，其中的民情，大概是宋元到明初的时候。

王婆的茶铺，提供过许多饮料，比如她给西门庆做的第一个饮品是梅汤：历来梅汤都是乌梅加糖与水熬的，不知那时是什么做法，总之酸甜可口就是。王婆是在暗示西门庆，自己可以做媒。

再来是和合汤，取和谐好合之意。这汤是果仁蜜饯熬制的，西门庆也说"放甜些"，可见是甜饮。这是王婆告诉西门庆，她能帮着跟潘金莲好合。

之后王婆又浓浓地为西门庆点两盏姜茶。大早上喝姜茶驱寒，也有道理。苏轼大概会觉得不好，但王婆是小县城里的人，也不在乎。

后来王婆请潘金莲做衣服，浓浓地点一道茶，加了白松子、胡桃肉。这就是果仁茶了。

大概宋朝如苏轼、宋徽宗这种人，已经喝得到好茶，品味得到茶的真香味，到明朝，就流行饮茶的"真味"了。

可是市井之间，却还流行喝风味茶饮。大概王婆开的茶铺，也算是万能饮品店呢——有点像今日的奶茶店？

　　《金瓶梅》里，招待客人时，也有许多当日的特色茶饮。比如西门庆见孟玉楼，孟玉楼是商人媳妇，所以端出福仁茶：那是福建橄榄泡的茶，很合孟玉楼身份。之后又有蜜饯金橙子泡茶，大概取个甜口？

　　王六儿家算是职业经理人，她勾搭西门庆时，就请他喝胡桃夹盐笋泡茶。这一款和之后的木樨青豆泡茶、木樨芝麻熏笋泡茶，看去都是连吃带喝，一盏茶里都有了。

　　著名的养生大师高濂，在他的《遵生八笺》中，先认定"茶有真香，有佳味，有正色。烹点之际，不宜以珍果香草杂之"。但之后也承认，不是不可以用，"若欲用之，所宜核桃、榛子、瓜仁、杏仁、榄仁、栗子、鸡头、银杏之类，或可用也"。所以真香真味的喝法与加料喝法，两样都兼顾到了。

　　话说茶里加果子，读过《西游记》的自然记得，蜘蛛精们的师兄多目怪，佯装请唐僧师徒喝茶。唐僧师徒是茶里加红枣，他自己是茶里加黑枣。

　　后来茶流行到了欧洲，众所周知，英国人喝茶要加糖。18世纪，英国人喝茶得靠东印度公司。伦敦茶价，每磅茶值到四英镑。19世纪初，英国人喝红茶加糖，夸张到此地步：英国商界想统计全国一年喝茶多少，但因为走私逃税的茶太多，一时摸不透，于是脑子一转，计上心来，既然英国人喝茶都加糖，直接统计全国一年消耗了多少砂糖嘛！

老一辈扬州人认为"上午皮包水，下午水包皮"，上午茶馆下午澡堂，是人生至乐。其实吃茶，主要还是吃。干丝、五香牛肉、烧卖，皆可佐茶。这方面最了不起的当然是广东茶餐厅：喝个茶，叉烧包啊，虾饺啊，白云猪手、豉汁凤爪，都有。

我冬天去内蒙古时，当地的朋友请吃过茶。不是喝，是吃：黄油、粗茶、奶油、黑米、炭炉烤的肉片子、加盐，炖一大碗，浓稠到碗动汤不动。连吃带喝下去，全身发痒汗出。出门见雪。

这和清淡秀雅、清静和寂的喝茶法，当然不一样。

所以啦，喝茶一直有两种口味。一种是书卷气的、高雅的、天然的喝茶法，取茶之本味，是为文人雅士的爱好。另一边，却是唐朝加生姜，加盐；宋朝加姜，加胡桃肉，加白松子；明朝加橄榄仁，加盐笋；英国人加糖；俄罗斯人加各类花草；如今中国人又做成奶茶。这些喝法不够高雅清澈，大概也不适合作为茶道文化演示，却是普通老百姓喜欢的更家常更民间的快乐。

吃便当

以前，坐绿皮火车，慢悠悠地到偏门的车站，有或老或小的当地人，在站台上叫卖吃的。偶尔遇到好的，着实一饭难忘。

比如我在山东某小站，吃到过今生最好吃的烧鸡；在湖南某小站，吃到过一钵现蒸的雪白扎眼的米饭，上搭一扣辣椒炒肉，吃得我背心出汗，两鬓湿透。

现在坐高铁多，站台管理也清净。吃得干净，类似的机会却也少了。

日本有个说法，叫作驿弁——驿是驿站，弁就是便当了。

日剧《海女》里，小姑娘上火车卖新鲜海胆便当，让我想起年少时吃过的站台烧鸡，真是风味独具！

我在日本坐过一次慢车，吃过一次老火车便当。木盒子，盒中分格。一格是小菜：昆布卷、鱼糕、猪肉、炸小鱼、蛋卷；一格是正经配菜：酱萝卜、腌黄瓜、腌野菜；一格是米饭，撒点儿芝麻，另外带酱油。

菜分量不大，每个一口罢了，好在色彩斑斓。吃饭，看景，觉得味道很妙。

巴黎里昂火车站，有段时间，也开了个日式老火车便当店。我跑去吃了：大概是没坐在火车上的缘故，在店里一吃，只觉平淡——果然，吃便当也是得看情景的。

就像，平时觉得方便面油腻，到了火车上，看大家接热水来泡方便面，满车厢都是香味，觉得方便面也比平时好吃一点的缘故吧？

现在想起来，木盒便当这玩意，中国其实也有。《金瓶梅》里，西门庆吃所谓攒盒，盒里八格菜：糟鹅胗掌、一封书腊肉丝、木樨银鱼酢、劈晒雏鸡脯翅、鲜莲子儿、新核桃穰儿、鲜菱角、鲜荸荠——这就是个豪华版便当了。菜式虽然远比日式驿站便当华丽，原理倒差不多：莲子、核桃瓤与鲜荸荠都是不粘手的果子，糟鹅掌、腊肉丝与银鱼酢都是有味道又耐储存的凉菜。提起来不至于汤汤水水，有味道，又得吃，多好。

《浮生六记》作者沈复是个善于苦中作乐的苏州穷书生。他老人家既爱喝点小酒，又不想布置太多菜。他那名垂青史的老婆芸便为他置备了一个梅花盒：拿二寸白磁深碟六只，中间放一只，外头放五只，用灰色漆过一遍，形状摆放犹如梅花，底盖都起了凹楞，盖上有柄，形如花蒂。把这盒子放在案头，如同一朵墨梅，覆在桌上。打开盖看看，就如把菜装在花瓣里似的。一盒菜六种颜色，二三知己聚会喝酒时，可以随意从碟子里取来吃，吃完了再添。花费不多，而且好看。

再想想，便当，各地不同，换种形式，却还是有的。老北京有所谓盒子菜，招牌菜是酱肚、酱肘子、鸽子蛋和牛羊肉——清朝初年行军打仗，经常来不及吃东西，就靠盒子菜和油炸食品如勒特条之类凑数。

我爸妈当年去爬山，我外婆就煮了茶叶蛋，给他们做便当——当然，我外婆念叨过，煮茶叶蛋可是很讲究的，不能久煮，因为煮久了蛋黄变松，味道发苦。

我妈告诉我，当初她问过，为啥便当就带个蛋？我外婆就虎起脸，道："你个女孩子家，在人家面前吃油酥饼吃得满嘴油光，也不好看啊！"

某年春天，巴黎的国玺公园有樱花盛开。我为了满足法国朋友对日式料理的想象，做过一次稻荷寿司——寿司米，豆皮，虾仁，鱼子，捏得了，带去。随碟还有中式做法的腌豆丝。

法国朋友先被稻荷寿司的颜色迷住了，但吃了中国的腌豆丝，纷纷大惊，觉得比寿司耐吃有味多了："还是中国料理比较神奇！"

我逊谢之余，也不免想：这才哪到哪啊？你们没见过的多了。然后不免想起在湖南那个无名小镇，那碗蒸得郁郁菲菲的米饭，那一扣从眼睛到舌头都被闪烁到的辣椒炒肉。

路上可吃的，比世上的路还要多呢。

我关于便当最奇怪的一个记忆，是这样的。周杰伦有首歌，《乱舞春秋》，写三国的："曹魏枭雄在，蜀汉多人才，东吴将士怪，七星连环败，诸葛亮的天命不来，这些书都有记载，不是我在乱掰……"然后，忽然插了这么一段神来之笔："我在配唱，鸡排饭，加个蛋。"类似的奇异跳脱，只有《双截棍》末尾忽然加一段钢琴可比。

这就是周杰伦。说着历史，忽然跳进便当，就像燥热的哼哼哈嘿里，忽然来一段钢琴似的。所以后来，每次买鸡排饭，我都会要加一个蛋。

大概，这就是人间的感觉吧：不管是多大腕的歌星，也会喜欢要便当吃鸡排饭，另外加个蛋。

留到最后再吃

您会只吃馅儿，不吃皮吗？

《我爱我家》里，傅明老人曾念叨他的初恋女生，乃是
书香门第大家闺秀："在学校那会儿吃饺子的时候，人家光
吃肚儿，不吃皮儿！"立刻招来了非议："这就叫大家闺秀
啊，撑死了就是一土财主……"

无独有偶，巴尔扎克的《欧也妮·葛朗台》里，吝啬鬼
葛朗台老爹吩咐女佣拿侬，不用特意给他的纨绔侄子夏尔准
备面包："这些巴黎年轻人，压根不吃面包！"淳朴的拿侬问
道："那他们只吃frippe吗？"frippe在法国安茹地区，指各种
面包上的搭配，从黄油到果酱，无所不包。巴尔扎克补了
句："小时候那些舔过酱而不吃面包的人，都会明白这话的

意义。"这也是法语版的"饺子只吃肚儿不吃皮儿"。

这又不限于面包和饺子了。大概类似于：点了大排面，只吃大排不吃面；点了小笼包，只嗦汤汁不吃皮。

奢侈人自有奢侈的吃法。然而富贵随时流易，这份奢侈做派也未必能贯穿始终。

清末民初有个笑话：八旗子弟还有铁杆庄稼时，大手大脚，比如哪位提笼架鸟的，刚内务府领了银子，去点心铺买个酥皮点心，呼一口气把酥皮吹掉，只吃个馅儿，昂首阔步、大摇大摆走了。后来穷了，终于攒了几文钱，可以买个酥皮点心，出门前都小心翼翼、弓背曲腰，深恐风把酥皮吹跑。

像我这样从小懂得珍惜东西的人，容易走另一个极端。奢靡的人，可以只吃馅儿不吃皮；我——以及许多我认识的人——却会先吃皮，最后吃馅儿。譬如，吃焖肉面。

我在无锡、苏州、上海，见到许多老前辈，都一个吃法，我也有样学样：焖肉扣在碗底，先吃面嗦汤；吃完了面，再慢慢啃那大排。

跟前辈们一说，各有各的讲究：有的说大排在汤里焖久了才入味，好吃；有的说焖肉面自带味道，在汤里能焕发香味，先吃了肉，面汤就没有肉头的厚味了，不成；也有的直截了当："最好的，都得留在最后吃！"

有朋友建议我，吃饭，不妨考虑先吃蔬菜，再蛋白质，再碳水；我跟长辈聊这个，他们也心领神会，"吃菜，吃肉，最后吃点面溜溜缝，没错"！

但每逢吃到好的呢，总还忍不住把最好吃的——主要是肉——单独留到最后。

我见过吃梅菜扣肉饭的，喜欢把扣肉留到最后吃；吃牛腩粉的，喜欢把牛腩留到最后吃；吃全鸡汤的，把鸡腿留到最后吃。

希腊基克拉泽斯群岛上，各家店都有旋转烤肉；淡季时老板们大多比较闲，有时间慢悠悠地聊天。我认识的一位老板，一边听着 Summer time，一边念叨"德国人和土耳其人的那就不叫旋转烤肉"，一边把片好的肉、羊肉丸、口袋面包、酸奶酱、腌洋葱、葡萄酒醋、炸茄子给我递过来，说"吃吧"，然后坐一边晃着穿拖鞋的脚，偶尔看看我，看我吃口袋面包裹洋葱和炸茄子，偶尔吃一口烤肉、吃一口肉丸，他挠挠头，欲言又止地跟我比划，意思是，烤肉、肉丸、酸奶酱、洋葱、炸茄子、薯条，都裹在面包里，一口下去，才叫爽呢！

我说，确实爽，但可能就，吃习惯了吧，总想把肉留到最后吃——然后就把本篇上面这段，跟他描述了一遍。

老板听得眨巴了一会儿眼，摇摇头又点点头，说他理解，他小时候也这样，他爸爸妈妈过节时吃这吃那，就是留一大截羊腿不动。等全家什么都吃过了，孩子们眼睛看着，爸妈从羊腿上面，慢慢地，均匀地，片下肉来，给孩子们一片片分到碟子里——这才觉得，像是过节了。

只从口感角度来讲，焖肉面一口肉一口面一口汤最好吃，牛腩粉一口牛腩一口粉更能得膏腴与爽滑之妙；连着吃炸鸡，肯定不如一口炸鸡一口腌菜或沙拉或薯条来得节奏分明，口袋面包里烤肉、肉丸、洋葱、炸茄子、酸奶酱，一口下去，肯定胜过先吃素的，再吃肉的。毕竟那是厨师们研究的最美味配比，拆开了就没那么动人了。

但许多人还是会情不自禁地，把似乎最好吃的留到最后，单独地、私密地、慢慢地吃。

大概因为，每个人或多或少，都有过匮乏的记忆，都有过吃完之后的空虚。所以，知道还有更好吃的留在最后，心里会有一些安慰。就像每个没有安全感的人会时不时看看存款数字，每个小时候吃不到甜食的人长大后会不自觉地囤积巧克力。

到终于吃上等待已久的压箱底食物时——馅儿也好，焖肉也好，牛腩也好——口味也许已经不是关键了：此前漫长的等待和忍耐，终于得到了一点释放。于是，吃得真香——好吃不好吃是味觉，香不香是心理。

2010年，上海冬夜，我在一家快餐店，看隔壁桌刚下工的一位，先慢慢地吃完了薯条，到最后，桌上只剩下三块炸鸡。

我看着他缓慢地、斯文地、细致地、虔诚地，一小口一小口地咬上炸鸡，撕下来一小片，用手轻轻在嘴角护着，护住炸鸡酥皮的碎片，又补进嘴里；他慢慢咀嚼炸鸡，动作如此明晰，我几乎听得见他咬碎炸鸡每一片酥皮棱角的声音，看着他认真地把每一口嚼透的肉缓慢地咽下去，喉结滚动，然后慢慢喝一口可乐，继续端详一会儿炸鸡，眼睛和嘴角微微眯一下，继续补下一口。我想：真香。

全人类都爱吃下水

小时候每逢周末，家长看时间宽裕，小火炖一下午，晚饭全家便能吃上一锅鸡。我妈常劝我吃鸡腿，我却从小爱吃炖在一锅里的鸡杂：鸡肫、鸡肝、鸡肠、鸡血、鸡心。鸡肝沙滑润香，鸡肠细而耐嚼，吃了才知何为"小肚鸡肠"。

倒是鸡肫无所谓些。我们那里，卤鸡肫是各家小店的凉菜。比如办宴席，鸡肫皮蛋、牛肉海蜇，加了芫荽便上来。

后来到了上海，卖白斩鸡的店里，会有鸡血汤卖，里面也会摆些鸡杂，撒上青葱，不拘季节，都能吃。看我不爱吃鸡肉，倒爱吃鸡杂，我外婆就笑：小赤佬，嘴倒刁。

我去重庆，若的外婆给我做泡椒鸡杂：主要是鸡肫鸡肝，加泡椒炒一锅。吃一口，麻辣冲上腭、钻两耳，鼻通嘴疼，一时涕泪都要稀里哗啦；再吃几口，味道出来了：鸡肝沙，鸡胗脆，鸡肠韧，口感参差有别；加上软白米饭、滑筋道面，多几重变化。更兼有泡椒花椒、姜丝芹菜，在嘴里打成一片。

为什么鸡杂适合加辣呢？大概对嗜辣的人，泡椒鸡杂余香满口，自不待提；对不太吃辣的人，满嘴灼灼之后，唇舌都敏感；平时吃鸡杂所得的沙韧滑脆，至此都加了三五倍分量。所以嗜辣的人吃鸡杂，可以吃得细嚼慢咽，滋味无穷；不太吃辣的人，反而容易面红耳赤，急吼吼吃得癫狂。

我一勺子泡椒鸡杂扣在米饭上，拌了便吃，边吃边问若："怎么喜欢一点点挑拣着吃呢？"若答："在泡椒堆里拣鸡杂吃，多好玩啊！"想想苏轼在惠州时，从羊脊骨里找碎肉吃，说感觉像在吃蟹，意思相去不远。

如上所述，鸡杂乃至内脏的妙处，大概就是口感纷杂。比如鸡肝、鸡胗炒一锅，鸡肝沙，鸡胗脆，这种搭配，老北京炒肝也类似——所谓老派炒肝，说白了就是猪小肠、猪肝加蒜末双烩。据说老年间还有口诀，跟卖炒肝的念叨"肥着点儿"，就是多要点肠子，"瘦着点儿"就是多盛几片肝。各人要的肥瘦，也就是口感问题了。口感过于纯粹，大概就没意思了——比如炒鸡杂，就是比纯炒鸡肝或纯炒鸡肠好吃嘛。

由此说开去：对动物内脏的喜爱，全世界都差不多。像日本人吃烧烤，鸡胗、鸡心、鸡肝都可以拿来烤，求的也是个口感多样。

动物肝脏口感润滑，所以多拿来做酱。法国人的鹅肝酱众所周知，中北欧各处吃肝酱也是历史悠久：猪肝牛肝，搭配猪油、牛油、洋葱、面粉、鸡蛋、盐，甚或各地香料，制作出各家的酱，拿来蘸面蘸饼、炒蘑菇、空口干吃，都可以。北非南非，都有整块烤羊肝拿来待客的吃法。营养学家谆谆教诲说，这类东西高热量、高胆固醇，未必健康，但说者自说，吃者自吃。挑战一下禁忌感，也是吃美食的快乐来源之一嘛。

广东人吃猪肚鸡天下皆知，火锅里涮金钱肚与牛百叶那也是保留节目。全世界似乎都爱拿牛肚羊肚来炖汤。再暖和一点的地方，味道也下得重：东南亚好多地方用咖喱烹肚，南美则喜欢用土豆和花生焖肚。佛罗伦萨有著名的牛肚包，外脆内韧，但整体极软烂，牙口差一点的也能吃得很快乐。

说到软烂，我见过意大利乡下馆子有用鸡胗与鸡心炖汤的，只是似乎不太像上海的鸡杂汤条缕分明，而倾向加各种配料，炖成糊糊，吃起来也少了脆，更容易入口。捷克的卡罗维发利以面包和啤酒著称，一家满是稻草香的小馆子里，我吃过口味酸辣的杂烩啤酒汤，里头有面包皮也有鸡杂，意外地好吃。

肥肠，九转大肠，天下皆知。我故乡无锡吃大肠习惯红烧，大肠卤得好，鲜里带甜，又脆又韧，不失肥厚之感。牙齿一口下去，像陷进猪肠似的，挤出许多卤汁来，有嚼劲，又滑，牙口好的能嚼到唧唧吱吱响，越吃越想吃。印尼馆子里常见卖炸鸡肠配沙嗲酱的，细而又脆，不知不觉就容易吃多。

第戎一向自诩法国美食之都，有名的是第戎芥末和勃艮第炖牛肉，但不止一个朋友说，第戎人请客，如果不想出错，端端正正，就请你吃红酒炖牛肉；如果真把你当老饕看待，就请你吃肠包肚——说白了：肥肠、肚子，密密层层套在小肠里，腌得后开吃。不爱吃下水的，掉头就跑；对喜欢吃下水的来说，这就是牛杂大荟萃主题乐园，简直再过瘾也没有。我朋友开玩笑说，第戎芥末所以名震天下，就因为第戎人必须开发出足够重口味的芥末，来搭配肠包肚。但我认识的另一位老先生认为，好的肠包肚不该配芥末，就是得硬吃，"这才够味"！苏格兰的国菜哈吉斯——羊肚里包羊杂——与此有类似之处，但法国人说起哈吉斯来自然不屑一顾："英国人哪懂吃的？"

日本有所谓内脏锅，起源是博多——就是博多拉面那地界——的乡土料理。我有位朋友极爱吃，而且并不因其是乡土料理就粗疏大意，还会认真教我：肝脏刺身要搭配蒜泥和葱，蘸一点盐吃。牛肠要就着酱油汤底吃，然后蘸着白味噌再试一次，风味又不一样。

当然，我把牛肠就韭菜蘸辣椒酱，他也不反对——他自己就会拿牛肚包蘸哈里萨辣酱吃。

按那朋友的说法，肯放心大胆吃内脏的诸位，都有个特点：才不管你健康不健康、高雅不高雅，好吃才是最重要的……

世上太多东西，健康的不好吃，好吃的不健康，健康又好吃的经常贵得离谱。所以不求十全十美，只求好吃，也算是吃客的一点自我修养吧？

入口即化

得过口腔溃疡或类似病症的诸位，大概都有类似体验：喝粥，嗦米粉，吃其他流食，久而久之，口里淡啊。

有什么东西，入口即化，不用咀嚼，却又有味儿呢？

最易得的，大概是豆腐脑。我们老家叫豆腐花：软滑，筷夹不起，须用勺子，舀起一勺来，连带着碎紫菜、榨菜丁、干虾米，一起下去，稀里呼噜地吃。豆腐花说是吃的，其实可算是喝的：单一碗喝了，可当点心；搭配一个脆香的萝卜丝饼，或是一个鸡蛋饼，吃得打饱嗝。回到家里，晚饭都免了："在外头吃饱了！"

煮好的粥也极佳，但病中喝粥，艇仔粥就不如皮蛋瘦肉粥了——艇仔粥备好底料，鱼、瘦肉、油条段、花生、葱花、海蜇、肚丝、鱿鱼切薄，极烫的粥下去，将这些烫熟；就着吃当然鲜美，但费嚼。口腔里生了病，咀嚼都不舒服。相比之下，皮蛋瘦肉熬得半融，与粥俱入喉，既鲜甜又不费事，真好。

大概这就是所谓口感吧。

我外婆爱做烂糊年糕，把年糕切片，与青菜、肉丝、豆腐等一锅烩，吃起来黏黏糊糊，冬天暖和好吃，但吃多了会腻。用此法做的南瓜年糕却极佳：南瓜极耐炖，与年糕一样半融，颜色鲜明照眼，看得人也快活。入口即化，只有一点点软糯又粗粝的口感滑喉而过。

说到滑喉，许多老先生说早年间河南馆子有所谓铜锅蛋，入口即到喉，滑嫩无比。一口下去，嚼都不用嚼。

为什么人会爱吃嚼都不用嚼的东西呢？

比如吃牛肉，我家有两派。我爸就爱吃半生牛肉，觉得有嚼劲，有鲜味，有肉汁，有满足感；我妈就觉得，牛筋炖烂，牛腩炖软滑，肉纹理分开，丝丝缕缕，入口嚼都不用嚼，如一团油般滑喉而过才好。

我比较折中一些：两样都挺好——交替吃，更好。

我有个朋友，会做一道有点意大利风的奶油烩饭，总会将米饭烹得略生一点。我说中国人煮米饭，会多水厚火，米饭晶莹剔透，糯香得很。他表示理解，但说了一句，他的做法，是为了"不一致性"。聊吃的能聊出这么有学术范儿的词，也算是挺学术的研讨了。这句话让我一怔，细想，也对：比如我们那里，家常只有米饭没菜了，会做个蒸蛋，用蒸蛋来拌米饭；再差一点的，一坨猪油加点酱油，拌米饭吃——这种时候，米饭就不宜太软，大概因为蒸蛋松滑，米饭就要略弹韧些。

口感的差异挺重要。克里斯托弗·布朗纳先生，糖果公司UnReal的联合创始人，有个说法：他认为食物的纹理和材质很重要。比方说，我们都知道：很明显，棉花糖与普通糖的质地不同，说穿了都是糖，但因为质地不同，所以吃砂糖和吃棉花糖，感觉是两回事。

滑铁卢大学神经科学助理教授迈克尔·巴内特-考恩则认为，"我们说的口味，说到底，是对味道、气味和质地特性的完整体验"。

日本以前有个说法，说吃白鱼肉能体会到清雅的风味——什么样呢？就是嚼鱼肉时，要呼吸，于是能感受到一种清雅的甜味，是厚脂肪的鱼肉所没有的。这其实除了口感和味道，还涉及到嗅觉了。

都说馋人嗜味，但想来想去，人到了后来，很容易痴迷于口感吧。

比如不少人都喜欢饭后来份甜品，如果单想吃口甜的，去舔砂糖就是了。大多数饭后甜品提供的除了深浅不同的酸甜味外，还有外观（好看）、气味（芳馥）甚或声音（咀嚼起来的）。至于口感，各有所好，但大体上，大家应该都喜欢潮湿、松软、浓稠的甜品口味吧？

这也是为什么大多数三明治之类的食品似乎都覆盖着蛋黄酱这种酱料。比起干燥的食物，人会更喜欢相对潮湿，但又不要太湿润的口感。

我想，难怪大家都喜欢入口即化的食物：因为饮食习惯里，大多数固体食材，都不那么入口即化。得调理了、蒸煮焖炖了，才能从百炼钢变绕指柔，而在此过程中，味道也就喂进去了。许多人喜欢吃的入口即化的东西——豆腐花、蒸蛋、炖烂的牛筋、松露巧克力、牛奶糖、欧姆蛋等等——全都经历过细致悠长的调味。你有了美味的预感与期待，你的嘴唇与齿舌触碰到了食物，在口腔的温度下，这些美味的东西融化，过喉，带着流畅的、松软的、浓稠的、似有若无的感觉，滑过你的舌头，落入咽喉。你的期望得到了满足，预想的美味留在了舌头上。真好，但不太过瘾，稍微缺少了一点咀嚼的满足感，所以要赶紧再吃下一口……

新西兰那边有过一个研究，结论是：人小时候，会喜欢口味顺滑的东西，所以孩子喜欢甜糯的蛋糕；年纪长了，会更喜欢咀嚼与复杂的味道，所以果仁巧克力和黑巧克力之类，都是稍微长大点才喜欢。人的口感是会成长的。

说到这里，又得说中国饮食了不起的地方了。

清朝大才子袁枚，以前在《随园食单》里说过一句：鲍参翅肚，虚名之士；鸡鸭鱼鹅，实用之菜。的确，鲍鱼海参鱼翅这些，本身没味儿，得靠调理入味才行。鸡鸭鱼鹅，反而既能吃，也能用来调味。

那为什么中国人还要吃鲍参翅肚呢？我是不鼓励不建议大家吃这个的，毕竟古人吃这些珍稀食材，许多是为了摆阔；但中国厨师也应该很早就懂得：鲍参翅肚这些通过烹饪制造独特口感的东西，加以调味，可以产生很独特的效果。

甚至我们不说鲍参翅肚这些过于高端的食材，只论开头所说的豆腐脑，说白了就是黄豆成浆后絮凝构成口感微妙的制品，像这样复杂加工改变口感与调味之后的制品，几百年前就深入千家万户，成为我们最日常的饮食。

麻省的一位美国厨师在2017年总结，传统的西式烹饪，很少改变食材的质地：蔬菜还是蔬菜，鱼还是鱼，做出来该是什么还是什么；而中国饮食从很早起，就有复杂的食材加工，致力于改变食物质地——这就属于非常早熟的饮食文化了。大概，中国饮食没有现代科技那么多复杂的理论研究，但很早就在实实在在地践行着这点道理：

味道是可以调整的，而最让人动心的独特体验，还是口感啊。

碳水配碳水

吃菜，下饭。有吃饭下饭的吗？有。

小时候去早点摊，买个粢饭团：糯米饭裹油条，吃得脸上沾米粒儿。糯米饭加糖，油条脆咸，吃得噎了，灌一大口豆浆。吃饱了，拍拍肚子，上学去了。

也有糯米烧卖：酱油糯米为馅，外面裹面皮，蒸软了，皮薄米香，吃着挺香，如吃肉粽，只是没肉罢了。吃饱了，拍拍肚子，上学去了。

到上海上大学，发现粢饭团里偶尔有肉松，烧卖里偶尔有肉粒，大感欢喜，如见沧海遗珠："太奢华了，还能这么吃？！"现在想起来：都是碳水配碳水！——可还挺好吃？

想想，碳水配碳水，又不止这一种吃法。

我说热干面好吃；武汉的朋友说，热干面+面窝，可以是一顿早饭。热干面浓稠醇厚，面窝油脆松软，相辅相成，很好。

手头宽一点的朋友，说吃牛肉面配面窝，更给劲：油、肉、面，都有了，能吃得太阳穴突突跳。

西安的老前辈说，搭配可以很多。米皮、凉皮、肉夹馍、炒米，可以互相搭配：滑溜、浓郁、松爽，口感不同。搭配有汤的，臊子面宽汤，酸香；或者泡馍一大碗，稀里呼噜地吃。

这位前辈还跟我比划，说他但凡回去，要这么吃：左手肉夹馍，右手就着一碗泡馍，先吃两口酿皮子，开胃醒神，酸爽得冲鼻子；肉夹馍吃个"虎背菊花心"，就得一大口下去，连馍带肉，脆而又浓；喝一口羊汤，这是多少重滋味！吃完了肉夹馍，再慢慢吸溜已经粉丝入味、碎馍满汁的泡馍，糖蒜就着，先吃后喝，舒坦！——说着说着，吞口水了。

我2007年去重庆，住大礼堂旁的山腰间，吃早饭：小面+油茶。小面，重庆遍地都有。面煮好，起锅，下佐料——佐料也家常，但是要管够：酱油、味精、油辣子海椒、花椒面、姜蒜水、猪油、葱花、榨菜粒。浇头和青菜也没定规，加肥肠、豌杂、藤藤菜等，随意。

觉得不够呢，吃油茶：底是米粉羹+馓子碎，其他全看调味：油辣子、花椒、盐、姜、芽菜。面吃完了觉得不够，油茶可以溜缝。——回头想想，还是碳水就碳水。

也不止中国如此。

20世纪70年代，日本流行过拉面饭——拉面就米饭，乍听很古怪，但也能理解。毕竟日本人做拉面的法子，各家重点不在面而在汤头。汤极浓厚：猪骨啦、味噌啦、酱油啦、盐味啦，熬汤的花样一溜够；浓汤配面，大概觉得不满足，还加个米饭。

至于日本人喜欢煎饺下米饭、炒面面包、土豆咖喱饭、三明治夹炸猪排（面衣比肉都厚），大概也是同理：碳水配碳水，只是把不同的碳水做出不同口感来调味。我还见过有用天妇罗碎——就是炸面衣碎——搭配素面的。

这份爱好，也不止是东亚有。

比如意大利的乡村馆子，芝士通心粉搭配薯条，也是有的，大家还吃得挺欢；瑞士山区，真有老馆子卖烤面包夹酸奶酪薯条的，说是传统老菜。至于传统多悠久，我也不敢问。

我在西班牙的阿尔赫西拉斯吃到过土豆蛋饼，菜单上大书"家庭风味"，有点像希腊的穆萨卡，茄子全换土豆了。

波兰和捷克都有土豆泥馅儿的饺子——说起来，我在康定吃过土豆泥包子，异曲同工。

为什么碳水配碳水，到处都爱吃呢？大概因为：身体了解的是营养，人在意的却是口感。

糯米粢饭团和小麦粉油条都算碳水，但前者蒸煮加糖，后者油炸加盐，便出了软糯甜和咸香脆的不同口感。

热干面的浓稠醇厚，面窝的油脆松软；油茶里米浆的细滑与馓子的松脆；炒面的油香爽口与面包的松软；土豆泥的香滑与饺子皮或包子皮的不同口感，就这么映衬了出来。

另一面，跑步的诸位大概都知道，有个所谓肝糖超补法。营养师会建议运动员赛前，相对避免高脂肪和蛋白质，因为不容易消化，会导致胃部难受。所以运动员赛前，有的就会吃碳水就碳水：意面、米饭、土豆……

想想世上流行的那些碳水就碳水，多少都是这样起源的：普通孩子上课前吃个饱，好去一直上课撑到中午；普通劳工上班前吃个饱，才好去干活。武汉与天津两大码头，劳动者多，所以分别有热干面加面窝或煎饼果子的搭配，也很理所当然。

最好玩的是，如西班牙的土豆蛋饼、波兰的土豆泥大饺子，美国人都归之为"comfort food"，所谓疗愈美食。这概念是20世纪60年代兴起的，当时，《棕榈滩邮报》如此定义："背负沉重压力的大人们，以疗愈美食——和儿时安全感有关的食物——来寻求慰藉。"

这玩意说着玄虚，其实也简单：有多少人是有类似体验的？不论吃过了什么精雕细琢的高端饮食，总觉得多多少少差点啥；老年间有所谓溜溜缝，吃得瓷实之说。我不知道人的胃部结构是否真的如此，只觉得大概类似于：吃饱喝足，总还需要一点碳水来补足。

真就坐下来，吃碗小面就油茶，吃个煎饼果子，吃个粢饭团，吃碗热干面就油窝，吃点薯条，搁我无锡老家吃宴席，就是吃碗饭，可能还是汤泡饭，会觉得"嗯，踏实了"。眼前的辛苦并不稍减，但吃得香，自然也睡得着，觉得可以去应对一下了。

2015年，我去巴黎昂茹街一个馆子陪朋友吃东西。进店先吃一片幽绿的菠菜蘑菇泥搭配三色堇，配香槟，便生野地春芳气息。前菜是生牛肉切丁，用芝麻油与盐腌过，与松子混合，上下各叠了薄薄的果子冻，以及海盐调味的帝王蟹。主菜是搭配芹菜的龙虾略烤，搭配松露橄榄油；布雷斯鸡肉搭牛肉卷蘑菇、香肠、蜗牛，搭配沙比利白酒。

但吃完回家，总觉得哪里还少点什么，就跑去我家斜对面，一家辽宁小伙子和北京姑娘开的馆子，找补了一碗炸酱面。黄瓜丝，肉末，葱姜黄酱甜面酱，稀里哗啦拌好了吃下去，这才觉得停当。

大概，碳水支撑身体，碳水+碳水，疗愈精神。

下饭与下酒

什么样的菜下酒，什么样的菜下饭？

有些人不太挑剔，都行。像日本漫画《孤独的美食家》里，主角五郎吃到一家不错的煎饺店——题外话，日本人流行吃煎饺胜过水饺，是因为方便冷藏和速食——便发感叹：可惜店里不卖白饭，不然便能以煎饺下饭！毕竟，日本人是真可以靠拉面浓汤、油脆煎饺这一类面食来下饭的。

五郎没奈何，要了份炒面就煎饺吃，越吃越感叹，觉得这两样都是宜饭宜酒。"我真是个不会喝酒的人哪！"——毕竟日本人也习惯用煎饺下酒。

大概，对口味偏清淡的人而言，煎饺和炒面，都能兼饭兼酒吧？

有长辈半闭着眼，跟我掰手指：凉菜下酒，热菜下饭。

凉菜，则是鸡胗、脆鳝、盐水花生、茴香豆、虎皮冻……当然，还得细分：盐煮笋、茴香豆、豆腐干、青鱼干、切片肴肉、鹅掌、鸭舌、螺蛳、爆鳝，这些用来配热黄酒；花生米也行，花生米就酒，越喝越没够……

热菜，则麻婆豆腐、焖蹄髈、梅菜扣肉、草头圈子、鱼香茄子、水煮牛肉……

另一位长辈更干脆利落：烤羊肉串下酒！炖羊肉汤下饭！

大概，下酒菜不能太湿润。苏轼说他喝酒不挑剔，"饮酒但饮湿"。酒湿，下酒菜便不妨干，甚至还有点咸。小巧，耐嚼，有味儿，大体上，一切体积纤微、口感明脆、易于入味的，都好。

因此下酒的好菜，多是拌、炒、爆、熏、酱、炸。拌则清滑，炒则热辣，爆则燎香，熏则味深，酱则隽永，炸则干脆。冷热都有。当然，各地风骨又不同。我的青岛朋友觉得塑料袋扎啤配炸鱿鱼最美，我的北京朋友觉得白酒配爆肚绝了，重庆长辈认为世上不会有比山城啤酒配串串更美妙的东西。

一个内蒙古朋友则跟我说：天下无双的搭配，是蒙古王+牛肉干+奶油炒米，粗豪凶猛，吃着喝着就让人想唱歌。

下饭的菜，则不妨润些，或者用老说法，"宽汁儿"。烧、炖、焖，最好。浓酽醇香，稠厚软烂，不见锋刃，最好。各类盖浇饭上的浇头、某些面上的浇头，都适合下饭：鸡皮浇、鸡丝浇、腊鸭浇、冬笋浇之类。

欧洲相当多正经餐厅的前菜，甘蓝熏鲑鱼、培根鱼子酱浇芜菁之类，或者西班牙风馆子的各类tapas小菜，或者各类火腿总汇、干酪切片、希腊沙拉之类，都适合下酒；我还见过荷兰人用生鲱鱼+洋葱蓉，当街就啤酒的。而各地主菜，如油封鸭，如炖牛肉，如焖羊腿，如奶汁炖鱼，都适合下饭。

我有位长辈在兰斯，看人家上了鳕鱼拼松仁，请他就酒喝，倒也喝了。之后人家上了浓炖鲮鱼和第戎风味炖牛肉，还请他就葡萄酒喝，他就有几分不乐意了："这个拿来就米饭多好呀！"

某个淡季，我跟一位希腊老板闲聊天，试图跟他描述下酒菜和下饭菜的区别。我说，大概对我们长一辈而言，吃饭是基本，喝酒是享受；同样的羊肉，炖一锅汤够许多人饱肚，烤个串能满足的人怕就少些。下饭菜，求的是宽汁有味，能把比较淡的饭就下去，大家一起有滋有味。酒，本身就有味了，下酒菜味道普遍更细致些，吃菜下酒，是一种味觉享受，是稍微满足了饱肚需求之后，一点点对更美好生活的渴求。

比如说，我爸过年时将剔得不甚干净、还有点肉的青鱼骨——老大一块，扔了可惜——就点面糊炸，炸脆了，可以在冰箱里放很久。到要吃时，拿出来吃，浇一点酱油，下酒，咔嚓咔嚓的。

那位老板听了，眨巴眨巴眼，说你等着，进店去了，须臾出来，拿一碟子鱼骨头——当然是小鱼。

他说他家开店，炸小鱼，烤肉，多出来的料和油，就鱼骨头裹粉扔下去，回头也是咔咔吃。他下了句结论："喝酒的人其实也不挑，只要有点油和盐，就能下酒，就觉得，生活还怪有趣的。"想想，还真是。

香槟酒这玩意，好喝吗？

香槟酒——是指酒味道像香喷喷的槟子吗？当然不是，是翻译得好。Champagne是法国一个地名，原初意思是平田，既不香，也不槟。

19世纪，粤语地区翻译Champagne出的酒，曰三边酒、三变酒，甚至是三鞭酒。吴语区的翻译界前辈，则将这酒称为香宾、香冰，甚至是香饼、香萐。到《海上花列传》里，有了香槟酒这说法。

译名定调极重要。毕竟香槟酒比较三鞭酒，不只是字面看去风味有别，似乎功效都不大一样——后者听来，就比较滋补养肾了。

类似于葡萄酒产地Chambertin译作香贝丹，就比尚贝坦显得更酒香馥郁。Chanel译作香奈儿，就比夏奈尔更容易让人联想到衣香鬓影。

威尼斯有位大画家，意大利语读作提齐安诺，20世纪上半叶，傅雷先生按法语译名，叫他铁相，如今大家都叫他提香。

译名极重要，带个香字，尤其有味道。香槟也如此。

2023年初春时节，我陪一位长辈去兰斯，建议他"看看香槟酒怎么酿的"。长辈知道兰斯大教堂是当年圣女贞德扶保查理七世登基的地方，大概不觉得这么有历史意味的地方，会跟酒挂钩："香槟酒是用葡萄做的哦？""是的哟。""我以为是往葡萄酒里打气，就像做气泡水似的……"我跟他说，说白啦，香槟就是气泡葡萄酒。

一般葡萄酒，采葡萄，榨汁，发酵，装桶，装瓶。有些地方是几种葡萄的汁配出来一种酒，有的地方——比如勃艮第——是一种葡萄汁配一种酒，红就一根筋黑皮诺，白就一股脑霞多丽，为了显风味。

黑皮诺？哦，一般用来做红酒牛肉；霞多丽？哦，一般用来配生蚝和海鲜。

香槟呢？采葡萄，榨汁，发酵，到这里流程差不多；然后，几种发酵完的葡萄酒，挑好了，调和了，混一起装瓶，看情况加酵母或糖，二次发酵：酵母和糖二次发酵出来有了二氧化碳，就成气泡了。之后再转瓶、陈年、除渣，等着，香槟就成了。

勃艮第那地方，红酒就是用黑皮诺，白酒就是用霞多丽——香槟主要用的，也就是这两种葡萄。当然，现在也有流行所谓"白中白"香槟的，就是纯粹霞多丽葡萄做的了。喜欢这口味的人，就图个清爽。

我这么跟长辈说："就跟有人喜欢可乐，有人喜欢雪碧似的。""但都得带气泡是吧？""是啊，谁不爱喝点带气泡的呢？"

我们一路经过香槟区的田，一路看迤逦平缓的坡丘，田平，坡缓。冬寒春冷，到夏天便会暴雨高热。泥灰与黏土保证干旱时节的润湿，保留地方的养分。当然也有坏处：春雨时节下田，脚上会踩一脚泥回来。酒庄庄主会穿下田专用的靴子，回头跟我们打趣："你们脚上黏回来的，可能是所有酒田里最贵的泥土。"

风雨，日照，经过春夏秋冬。采葡萄，榨葡萄汁，发酵，装进酒庄里的大桶，窖藏，转瓶，陈年。

最后打扮得金碧辉煌，上了酒桌，带点微妙气泡的香槟酒，最初都是土里的葡萄。葡萄酒算葡萄的灵魂，那二次发酵的香槟，大概可算葡萄的转世，气泡就是转世记忆的絮语。长辈喝了口，叹口气："我以前老以为香槟酒就是拿来喷的，原来也可以喝。""本来就为了喝——还能搭着喝。"

其实也简单，不那么讲究的话，勃艮第习惯黑皮诺搭红酒牛肉，霞多丽搭生蚝白鱼；那黑皮诺+霞多丽出来的香槟呢？海鲜鹅肝，火腿奶酪，都行，因为有气泡，更百搭。虽然好多人觉着香槟纤细，搭配个腰果都小心翼翼，但酒就是拿来喝的：甜一点的香槟，可以配辣子鸡；黑皮诺重一点的香槟，不妨配毛血旺。再神秘的酒，终究也只是酒。

英国作家彼得·梅尔在他的《有关品味》里提到，他老来喝了一口三十年的、富含烤面包香味的香槟，感叹以后不喝廉价香槟了，"人生苦短"。我却有不同意见：如果廉价点的香槟，能让人放下多余的仪式感，把酒当成酒本身——风雨日照，春夏秋冬，葡萄发酵，二次发酵，陈年出瓶，但终究也只是气泡葡萄酒——那也不坏。对有些人而言，人生苦短，所以只要喝最好的酒。但对许多什么事上都绷着，生怕行差踏错唐突了的人而言，让他们放轻松，把酒只当酒喝，反而是好事。我问长辈："您就别想那么多渊源历史，别想着非得庆祝才能喝香槟，也别想着看到的田啊、看到的桶啊，就说这酒，好不好喝吧？""好喝。""那就得。"

鱼店与肉店

　　卖鱼的高启强，可以在虚构故事里演化成帮派大佬，细想却也不奇，毕竟《水浒》里，卖鱼的浪里白条张顺，还要上梁山呢——反过来，梁山一百单八将，就没个是卖生姜、卖豆腐、卖油条的。卖鱼的人，格外多一份豪气。

　　我在希腊某岛鱼市买过鱼。去时近午，拿了一公斤鲑鱼肉后，看见旁边一个跟我脑袋差不多大的鲑鱼头。看店小伙子称了鲑鱼肉，鲑鱼头没称，挥挥手："白送！鱼头不要钱！"真随性！

　　鱼肉回去煎了，吃了两顿；鱼头熬了一锅汤，吃了两顿。转过天来，想着能占便宜，又去鱼市。到得门口，下午一点多不到两点，看店小伙子正关门收摊。看见我，摆摆手说，中午的鱼不新鲜了，别买啦！明天吧！就此扬长而去。

真随性！想到《水浒》里阮小二、阮小五、阮小七，兄弟们打鱼，又好赌，又泼辣。被吴用一激，就愿意将满腔热血，交给识货的人，差不多的劲头。

再过两天去买鱼，去早了，跟小伙子聊天。他说他父亲是打鱼的，不会英语，所以要他看店（希腊年轻人会英语比率高些，也擅长跟人交流）。渔夫们凌晨即起，天亮归航。如今虽然有各种渔船与器械，打鱼依然很看运气，所以大家总把运气好坏挂在嘴边。说着，小伙子指指外面。鱼市外是码头，以及连绵的渔船。一群归航后睡过觉的渔夫，围坐在乳白色的船篷下，围桌坐着，喝啤酒，吃希腊的口袋面包皮塔卷就烤肉，眉花眼笑。我远远地看波光粼粼的他们，也听不懂在说什么。

我傻乎乎地问了句：不吃鱼吗？小伙子说：渔夫最不缺鱼吃，上岸了，就想吃点别的。吃饱了，就等另一个凌晨，再去找他们的好运气。所以他们不太在乎每天挣多挣少，只想着明天能有一点好运气——当然，也多几个来买鱼的人。

我问：怎么做，才对得起辛苦弄来的鱼呢？小伙子说没啥，各人做鱼的办法不一样，非要说的话，"越晚放盐越好。

这样，鱼的味道会美好一些"。

肉店的人，是另一番气息。

梁山好汉没有卖肉的，但卖肉的镇关西郑屠却敢拿着刀跟鲁智深放对，此前还切了十斤瘦肉十斤肥肉，也是一号人物。

英国人吐槽美国人的食品工业化，说美国人可能一辈子都以为肉只是超市里包装好的成品。的确，现代社会分门别类，各色肉都给你切得谨细又精确，买了装包回家，十指不用沾血水。

巴黎那些专门的老肉店，比起卖肉的超市，大多不明亮，不干净，没有"包装精美流水线生产"的现代化范儿，却常站着膀阔腰圆的大叔阿姨、头发蓬乱的小哥，旁边是粉笔手写的价签，以及实实在在敦厚霸气的肉类。万千绯红中，独踞一案立着个人，气场凛然不同。

老肉店除了卖肉，一般也卖肉冻、火腿、腌肉、奶酪和酒——多是适合搭配肉类的淳厚浓郁的廉价地方红酒。这些肉店也往往卖堂食：你想吃肉了，他们请你在一张泛着油光、年龄比你还大的木桌旁坐下，请你点单。须臾，给你上个烤牛心、烤羊脸之类自家厨房很难做好的菜，搭配自家口感到位的面包和薯条。肉店的炉子总是生猛的，自家炉子断然烤不了这么好吃。

肉店的老板比别处的人爱聊。毕竟这个健康至上的时代，时髦人士都觉得肉类跟内脏脂肪、心脑血管挂钩，哪怕拼命喝酒吃糖，也要避开肉类。肉店老板大多揣了一肚子的屠龙之技，无处施展，如果你乐意跟他搭茬，他便高兴，殷勤告诉你：

好牛排应当如何煎才能锁住肉汁，再如何烤；下盐的时机，调酱的办法；腌制的时间，腌酱和蘸酱的区别；该如何搭配酒……

他们对肉，自有一套神圣念头，比如你说要肉冻，他们会大刀切一大绺，坚持要你吃了再买。你尝了，赞一声好。他们得意了："我说吧……要多少？"

我买了三种口味肉冻，走到门口了，老板迈动如柱粗腿，抢出柜台，冲到门口，遮天蔽日地挡在前面，问我：你有面包吗？我吓了一跳，心想没见这里卖面包啊。

老板耐心地指给我看：出门左转，过桥洞，有一家面包店。他们那里，哪一款面包，适合搭配哪一款肉冻——相信我！我说：相信你！老板乐坏了。

肉店好汉们千好万好，但有时候也会有情绪。我曾带一位素食主义者朋友去买奶酪，那位朋友免不了多问几句，类似于"我是吃蛋奶素的，这个榛子奶酪里是没有肉末的对吧"，于是肉店老板多少会流露出一点礼貌范围内尽量不显眼的哂笑。

回头等我下次去时，老板还有些悻悻的："都不知道这世界怎么了！怎么那么多人都不肯好好吃肉？"我安慰说，其实他们也知道肉是好的，你看隔壁卖炸豆丸子的，天天吹豆丸子比肉丸子还好吃——你们卖肉的，就从来不用说自己卖的肉比豆子还好吃吧？

的确，世上的快乐有很多，但很少有快乐，能胜过一口下去，吃到或皮脆肉厚，或多汁鲜浓，或柔糯酥香，或黏腻松滑的好肉了。而与豪迈的鱼店肉店老板打交道，大概就像吃到一口敦实醇厚的好肉那么爽快。

越是底下的，越是味道好

　　喉头一动，咕嘟一声，咽下去了；腮帮一勒，放下碗，筷横在碗边，我一挺腰："吃好唻！"外婆坐在我对面，头都不抬："还有的，没不吃好咧。"明明我俩碗里都只剩一汪汤，面已下肚了，哪里没吃好？

　　我已偃旗息鼓，她左手还拿着调羹，捞。溜边沉底，轻捞慢起，扫遍半圆形的碗底，又打捞起了璀璨珍宝。灿金煎蛋，翠绿葱花，在老辣无情的勺子里，泡着酱油面汤，泛着光。外婆左手勺子进嘴吸溜，右手筷子朝我的碗比划："还有咧！——底里的，不要漏掉，味道好唻！"

　　二十七年前的事了。电视剧《我爱我家》里，韩影老师扮的和平妈念叨："打卤面不费事，弄点肉末打俩鸡蛋，搁点黄花、木耳、香菇、青蒜，使油这么一过，使芡这么一勾，出锅的时候放上点葱姜，再撒上点香油，齐活了!"料真多。

我没吃过这么好的面，只想象卤打得停当，大概面极浓稠；理想状况下一筷子面挑起来，黄花、木耳、香菇、青蒜、鸡蛋都该老实附在面上，一块儿下去，满嘴里跳荡。最后一碗吃下去，整整齐齐，一丝不漏。

但那是理想状况。焖肉面、排骨面、黄豆面、阳春面，撒姜丝，下青菜，理论上当然是一筷面一筷菜交相辉映，面肉俱尽，碗底朝天，吃得高兴，但很少有人掌握得这么均衡。

譬如吃排骨面的，少年人多乐意先吃排骨再吃面，上年纪的多喜欢排骨焖在面里，一口汤一口面一口姜丝慢慢吃，排骨留在最后。少年人吃完了肉，加速吃面，一碗汤留着了；上年纪的越吃越慢，一口面一口肉，端起碗吸口面汤，与汤交相辉映的排骨留到最后，一口口慢慢吃。吃罢了，面汤肉俱尽，筷子在碗底找葱花，嗦。若能在碗底汤里找到点泡入味的碎肉，更是眉开眼笑。

桌对面少年人看得发愣，寻思也想端起碗来再吃两口时，汤也凉了，总觉得不是那个味儿了。只好记得：下次吃认真点，汤底的都不要漏过。

我就是那个曾经的少年人。

许多搁在汤里的东西，本是为了提味。生姜、花生、猪骨、鱼干、海带，诸如此类。这玩意全世界都有。

日本人会用鲣节、昆布炖去肉鸡骨，法国人会牛骨熬了汤头再加植物。现在巴黎超市里还卖沾满灰尘的"农家乐套装"：带泥的大葱、胡萝卜、芜菁、洋葱，比一般头脸干净的蔬菜还价格高昂，因为是农家原产，放炖锅里就能熬，熬出来就能吃。

上年纪的日本人会吃鲔鱼大葱，上年纪的法国人爱吃贻贝奶油大葱，把最后汤底角落里那点吸饱了汁的葱段，引为珍宝，吃起来恋恋不舍。这葱段软糯香浓，入口即化。

每当这时候，我就会想起小时候汤面底下，泡了汤的葱花来。面饭肉管饱，汤出味道，而汤底的那些边角料，不管饱，解馋。

一只鸡，加葱姜酒下锅炖，炖罢上桌吃，鸡肉是一巡；鸡汤用来下菌菇、百叶、茨菰甚或酸萝卜，又是一巡。都吃饱了，鸡汤底里勺子一扫，能找着炖散的零星鸡肉，条条缕缕，星星点点。这点零碎搭配一勺鸡汤用来浇米饭，比饭上横一条鸡腿，要显得更温润些。

类似的吃法，估计大家都习惯了。譬如吃螺蛳粉汤底的木耳丝、米粉汤底的酸豆角、羊肉汤底的碎羊肉末儿、小面汤底的豌杂，至于吃鸡汤馄饨汤底的紫菜和豆腐干丝，是我们那里的吃法了。

我有个朋友，则专喜欢岐山臊子面吃到最后，扫着酸汤底的蛋丝、碎胡萝卜和土豆丁儿吃。大概和吃瑞士奶酪火锅到最后，专门吃锅底凝结的那层奶香四溢的焦脆底，或是吃马赛鱼汤到最后，吃沉底的三种奶酪丝，差不多吧。

对一般吃客而言，吃完了就是吃完了，一碗汤剩那儿了。但对馋人而言，最后剩点汤底在那儿时，咂摸味儿的时刻，才刚开始。

某年我在海边过冬时，鱼市买鱼，人家送鱼头。回去鱼肉鱼头一起加酒与酱油，炖锅汤吃了，鱼汤搁冰箱。次日鱼汤凝冻，用来配米饭，却发现鱼汤冻里还有细碎鱼肉在，如沙里淘金。

热米饭上搁一片隔热的——比如海带——上面再搁鱼汤冻与碎肉。鱼汤冻半融，渐次现形的碎肉与热米饭融汇一体，稀里哗啦地吃，比前一天吃鱼肉汤还香。

我在意大利看见一位老先生，自己用摩卡壶煮咖啡。煮完了浓浓一杯，加糖，不太搅，就愣喝。喝到最后，咖啡杯底自然积了一层没融的砂糖，老先生反而慢下来，一口一口，喝那想必浓甜泛苦的咖啡。最后咖啡尽了，咖啡杯底只有一点咖啡色的砂糖了，我看他用咖啡勺，一点一点将这咖啡味的砂糖吃进嘴。不知道这是什么喝法，只觉得，最后那几勺，味道一定很好吧。

20世纪末的冬天，去亲戚家过年，没暖气，乡下房子又多穿堂风。我就爱躲在大灶间，一窗透光，床下可以背靠柴草堆读书，还闻得见大灶里黄豆炖猪脚的香味。那天下午，读书闻汤正熟，外婆进来，看看我，问要不要一起"吃口汤"。我说好，外婆便取个小碗，锅里舀一勺汤出来，淅淅沥沥，恰好够一小碗，汤浓如金，碗底都是黄豆。外婆说猪脚汤是大家吃的，不好都让我吃了，黄豆是垫汤底的，可以容我吃一点。行吧。

我俩就蹲在灶旁，慢慢吃炖烂的黄豆，喝汤。我汤里有片生姜，待要扔了时，外婆劝我吃了："别浪费！——冬天，生姜好啊——你吃吃看！——像笋！"我应了声，外婆从自己碗里找到片猪皮："哦哟哟，不要委屈，这个猪皮给你吃！"

于是，我将炖烂黄豆、泡软生姜、那片韧软的猪皮一起吃了。在冬日的灶间，身上暖和，指尖冷痛，嚼着胶原蛋白、生姜和黄豆的鲜香，委实是奇妙的体验。

我跟外婆说："好吃！"她很得意："说了吧！越是底下的，越是味道好！"

重口味的，生命力旺盛的，平民菜

许多重口味美食，最初都是平民食品。

李劼人先生写最早的夫妻肺片，是牛脑壳皮，切薄，半透明，用香卤水煮好，熟油辣汁和调料拌红来吃。

车辐先生说重庆火锅起源：20世纪20年代，江北县有人卖水牛肉，便宜，所以沿江干力气活的人爱吃，拿来打牙祭。水牛肉卖得好，牛心牛肝牛肚牛舌也就一起卖了。

当时便流行在嘉陵江边，摆担子小摊，架长凳，放铁锅，煮卤水，开始涮这些心肝肚舌。最初叫"毛肚火锅"，后来又不拘泥于毛肚了，也还是平民美食。

据说麻婆豆腐本是成都城北门外乡下饭铺的陈麻婆做的，同治年间每碗豆腐八文，据说最初做这么辣，是为了让脚夫们多吃几碗饭。时至今日，日本中华料理店也卖麻婆豆腐；重庆火锅与湖南牛肉米粉在巴黎也叫得到外卖；纽约皇后区也有夫妻肺片卖。

食物的生命力与源头无关，好吃就得了。老北京卤煮火烧，原是边角料杂烩，猪大肠、肺头、炸豆腐片、血豆腐，与火烧同煮，浇卤加酱汁、香菜。类似的大杂烩，到处都有。

法国南部经典的马赛鱼汤，本是马赛渔夫出海归来，把饭馆不肯买的杂鱼，配上大蒜和茴香做的。到了17世纪，才加入了番茄做调味。当时还流行搭配干酪丝，因为穷渔夫没成块的干酪吃——现在馆子里吃马赛鱼汤，人家也要煞有介事地给您切好干酪丝呢。

意大利有一种经典烩鸡pollo alla cacciatora：橄榄油煎鸡肉，番茄、洋葱、蘑菇等下去炒料，加酒烩鸡，汤汁用来配面包——其实是以前猎人在林间临时烹鸡的法子。说白了，也是各色玩意搁一起咕嘟咕嘟一锅炖。

巴西有一种经典菜feijoada，说白了：牛肉猪肉炖豆，也是以前巴西还不那么宽裕时，人民拿来摄取蛋白质的一锅炖。现在稍微宽裕点了，巴西馆子里会搭配米饭与橙子一起上桌。大概有得选了，就会想营养搭配更朴实一点？

类似的乱炖锅，韩国也有，起源还不太美妙。20世纪50年代，驻韩美军剩的香肠、火腿、午餐肉，以及起司，会被捡去烩一锅；手头宽裕点的，会加洋葱、培根、泡面之类，这就是所谓部队锅——说起来，我很怀疑韩国人爱在泡面里加起司的习惯，是源于部队锅。

所以啦，英雄莫问出处，平民食物登堂入室成为经典的案例不胜枚举。最典型的，大概是东坡肉。苏轼去黄州时，明说了"黄州好猪肉，价贱如泥土。贵者不肯吃，贫者不解煮。早晨起来打两碗，饱得自家君莫管"。说明他当时爱吃猪肉，也无非因为猪肉便宜；至于做法，"净洗铛，少著水，柴头罨烟焰不起。待他自熟莫催他，火候足时他自美"——说白了，花时间。毕竟对平民而言，食材简易无所谓，可以花时间去做火候嘛。

反过来，许多老年间口味清淡的传奇名菜，却消亡得差不多了。明朝大才子高濂，有所谓《饮馔服食笺》，里头说"日常养生，务求淡薄"，总结了四十多种粥，三百来种药膳，还大谈煮雪烹茶之类——这些菜大多失传，而高濂自己如此重视养生，也只活了48岁。

那些重口味的平民菜，生命力格外旺盛，甚至登堂入室，从早年的穷人乐，变成了经典。如果冥冥中真有食物之神的话，大概也会莞尔一笑吧。

最好吃的时候，错过了就过去了

意式浓缩咖啡espresso，讲究的是一口闷。

在南欧，时不常看见个风风火火的汉子，抢进咖啡馆："Espresso！"然后手不停脚不停等着，柜台里递出一小杯来，汉子翻腕仰脖，"墩儿"下去了，付了账，夺门就走。

这么喝，也是有道理的。浓缩咖啡这玩意，如果放久了，越放越涩，香味流失，很难喝。

做法正确的浓缩咖啡，表面常有一层油脂，意大利语所谓crema，就是用来护着这点热，但也护不了多久。赶热一口闷完，热劲能消许多苦味，香味还浓郁。

这就大步流星，赶行程去了。

好多事，都是这样子：等不得，一口的事。

冯骥才先生写老天津的酒鬼，进门喝山芋干酿的糙酒，也是这般格局：一口闷，满天星。图个爽快自在。

说到热劲消苦味，古龙某个小说里说过句话：再劣的茶，只要热喝，就能下口——就像女孩子，只要年轻，就总是可爱的。这后半句很是浪子气，非常不正确，但前一句是对的。

想想老年间，澡堂、饭馆、传达室，端上来请您稍等的那些热浓茶，茶叶不算好，但热乎。一碗热茶，好像就能抵消点劣茶的质地，能让人觉出"对方可是专门烧热了水，诚心想要招待你呢"之感。

有热的解苦，也有冷的解苦。

啤酒冰透，开瓶，迎着泡沫一口下去，先是觉得冰凉到发疼，再便是爽快清冽之感。苦味是稍后才觉出来的，但那时候已经无所谓了。

如果一杯啤酒放一会儿，泡沫全消，接近室温，就只是一杯苦水了。要喝也行，就没什么意思了。

我以前在上海时，吃过一个河南饭馆，有个菜叫热锅蛋。很好奇，点了。须臾，师傅端上来一个小锅，上面高高浮起一层，如雪花，如云层。师傅催说快吃，吃。看着锅里滑嫩轻薄，质感有趣。师傅说，这是锅烧热了，蛋清打上去，受热膨胀所致。现在想起来，似乎跟舒芙蕾、欧姆蛋道理差不多：蛋白打发，加热，烘焙。总之，有这么一层浮凸的感觉。如果不急着吃，那大概就冷了，瘪了，没趣了吧。

这么一想，大多数大火大热的东西，似乎都经不住久放？

重庆的牛油锅底捞出来的酥肉或毛肚，该趁热吃。烫得嘴里搁不下东西，也得赶紧，这样才有个脆劲儿。不然，酥肉冷了，毛肚老了，牛油底也冷凝了，远看像蜡烛的泪。

蛋炒饭，大火快炒出来刚出锅时，饭最好吃。蛋金黄，饭筋道，葱花绿油油。等久了，蛋变暗金色，饭也冷硬难嚼，葱花软塌塌。吃还是能吃的，就得配碗紫菜汤之类才像话。

希腊的串烤，老板经常问我是现在吃还是稍后。稍后，那就不搁酱了；现在吃，希腊酸奶酱就上去了——因为酸奶酱敷在滚热冒气的肉上，有着相得益彰的香味。搁一会儿，酸奶酱真的濡了肉，肉就会略酸，嚼头也没了。

同理，热薯条才香脆，带白气的粉蒸肉才迷人，热烤面包才有恰到好处的嚼头和香味。

这其实涉及到热食和冷食的差异。众所周知，比如自助餐厅里的冷食，都要做好了能放很久的才行，所以卖相往往好看。真好吃的东西，不求卖相好不好，就是那一下子的味道。

我妈总抱怨大油大火的吃法，人很容易显得粗气，"吃相不好"。但世上的确有许多东西，是不求卖相好，但需要你赶紧把握住的，比如炒饭、牛河、油泼面。

那是镬气、炒功和热油造就的、稍纵即逝的美味，真不是慢吞吞的冷餐爱好者可以理解的。所以我每次吃东西，特别忌惮同桌有人上了桌不吃菜，还得多角度多拍几张照，拍完了看看不满意，还得接着拍……

大多数东西，好吃的时候有其时机，转瞬即逝。为了点吃东西之外的心思，盘旋着，磨烦着，等候着，很容易就错过了。

时机到来时，不管吃相好看不好看、高雅不高雅，赶紧凑着那个时间点吃，才能获得最大的快乐吧？

逛菜场

古龙在《多情剑客无情剑》里写过这么个意思：一个人如果走投无路，心一窄想寻短见，就放他去菜市场。大概进了菜市场，谁都会重新萌发对生活的热爱。

菜市场是个神妙绝伦的地界。玉皇大帝、五殿阎罗，一到这种只认秤码的地方，再有百般神通也得认输。买菜下厨的诸位，思绪如飞，口舌如电，双目如炬，菜市场里勾心斗角，每一单生意或宽或紧，都暗藏着心思与杀机。我外婆以前说，菜市场里小贩都属鳝鱼，滑不溜手，剥不下皮。

侯宝林先生好几个改行题材的相声里，说前清禁娱乐期间，京剧名票友去卖菜。这事看着容易，实际上苦不堪言。比如说卖蔬菜的，挑着担，先得就了水，所谓"鲜鱼水菜"。

几百斤菜，挑得肩膀酸疼。有老太太来挑黄瓜。北京老太太挑黄瓜麻烦，得先尝，尝了甜的才买。一听苦的，掉头就走。所以，还得会吆喝。

我们那里以前的菜市场，卖水果卖糕点的，一般都强调"先尝后买"。卖西瓜的开半边或切些三角片，红沙瓤的诱人；卖葡萄的挑姹紫嫣红、饱满的搁着，还往上洒些水。美女浓妆，色相诱人。

然而菜市场上可没有王孙公子，倒多"我先尝尝"的，都是大嘴快手。买杨梅，先拣大个的吃；啃玉米，不小心就半边没了。我外公是个大肚汉，打起呼噜来床如船抖那类。他试吃起西瓜来，一不小心就能啃掉人家小半个。摊主们脾气坏些的，就夹手夺下，气急败坏："不买别尝！"我们那里，有些蹭吃的专靠"试吃"活着。新开的摊，闻风而至。新摊主普遍和气生财，略招呼两声，就被风卷残云吃了一半。这样吃过三五家，一天都饱了。

然而道高一尺，魔高一丈，自古皆然。我们那里，夏季菜市场常见有卖杨梅的。我爸曾被我妈派去买水果，满嘴嘟囔不乐意，拉着我一路溜达到杨梅摊。杨梅论篮卖，一篮杨梅水灵灵带叶子，望去个个紫红浑圆。我爸蹲下，带我一起试吃。两三个吃下来觉得甚好，也不还价，就提了一篮。父子俩边走边吃，未到家门口，发现不对。上层酸甜适口的杨梅吃完一层，露出下层干瘪惨淡、白生生的一堆，我和我爸不由得仰天长叹。后来我们二人合计：一个杨梅篮要摆得如此端庄，而且巧夺天工、不露痕迹，也属不易。所以，同意先尝后买、看你吃得欢欣还笑容不改的殷勤小贩，早都预备下了陷阱。所谓你有张良计，我有过墙梯，是之谓也。

我们那里以前的菜市场，无分室内室外，布局似乎有默契。国营粮油商店列在进门处，店员们一脸"我是吃铁饭碗的"，闲散自在，时常来回串门。卖冷冻食品、豆制品这类带包装的，依在两旁；蔬菜水果市场交叠在入门处，殷勤叫卖；卖猪肉的分据一案，虎背熊腰的大叔或膀阔腰圆的大婶们刀客般兀立；卖家禽的常在角落，笼子里鸡鸭鹅交相辉映，真所谓鸡同鸭讲，看摊的诸位淡然等着生意。

卖水产的诸位是菜市场最高贵的存在。鲜鱼水菜，大盆大槽，水漫溢，鱼游动，卖鱼的诸位戴手套、披围裙，手指一点，目不稍瞬，就飕一声从水里提起尾活鱼来，手法精确华丽。我双手带双臂，要抱条活鱼都困难，如何他们就恁的心明眼亮、手法似电？

对小孩子来说，菜市场的灵魂是看不见摸不着的买卖——买到的蔬菜和肉要在锅里煮过，端上餐桌，才能算正经宴席。菜市场看得见摸得着的皮肉，乃是布满菜市场的小吃摊和糖人铺。

小吃摊们见缝插针，散布在菜市场里外，功能多样。我外婆以前爱去早市溜达，笃信"早起的猪肉新鲜""早市的蔬菜好吃"，顺手边买早点，边和小吃摊的老板们叨叨抱怨那只知吃不知做、千人恨万人骂、黑了心大懒虫死老公，然后把热气腾腾的八卦、包子和油条带回家去。

孩子们乐意扎堆在小吃摊和糖人铺。摊主背一个草垛，上面插着七八支竹签，糖人版孙悟空、关云长、包青天、七仙女、诸天神佛、传奇妖怪，会聚一堂，阳光下半透明，微微泛黄。孩子吵着要买，大人勉强掏钱，还千万遍叮嘱"千万不能吃"。然后转两圈回来，就见竹签空了，孩子正舌舔嘴角糖渍企图毁灭证据呢。我小时候吃过一次，略脆，很甜，糖味很重。后来想想，其实不好吃，只是被大人们的禁令挑逗得兴起而已。多少孩子看捏糖人的过程不觉心醉神迷，非拉着妈妈买完菜再溜去百货商店买盒橡皮泥才罢。

以前菜市场的小吃摊，基本可当半个托儿所。大人们出门买菜，孩子独自搁家里不放心，带着。到菜市场，龙蛇混杂，七张八嘴，天暗地滑，而且满地都是陷阱泥淖，一不小心孩子就敢踩到哪堆鱼鳞，摔个嘴啃泥。而且孩子怕烦，又好新鲜，看见五彩缤纷、香味洋溢的吃食，就显然走不动道儿。所以家长们经常把孩子寄在熟悉的小吃铺，把摊主当托儿所所长拜托："一会儿回来接。"

小吃摊大多是味道细碎的一招鲜，油煎者为最上，因为油香四溢，兼有滋滋作响之声，最容易哄孩子们。我小时候看摊主做萝卜丝饼，觉得怎么白生生一团转眼成油黄酥脆的物儿了，吃来外酥里脆，着实新鲜有趣。馄饨摊主和我混熟之后，可以赊账，跟我爸妈说好，别让孩子带着钱来吃，一个月结一次账便好，好像也不怕我逃了。轮到给我下馄饨时，加倍给汤里下豆腐干丝。

我们那里的菜市场，以前还靠手工操作时，到下午最热闹。那时人人三头六臂，七手八脚，吆五喝六。年轻人焦躁，左手给第一位找钱，右手给第二位拣菜，嘴里招呼第三位，粗声大气，好像吵架。年长一点的老人家潇洒得多，眼皮低垂，可是听一算二接待三，眼观六路耳听八方，手持秤砣颤悠悠一瞄，嘴里已经在和熟人聊天，还不忘要个俏皮。

账都在老先生脑子里，一笔不乱。最多略一凝思，吐起数字来流利得像"大珠小珠落玉盘"。当然也有例外，不知怎么，我们这儿的人总觉得，卖葱姜的都是山东人——大概山东葱姜极好吧。比如卖蔬菜瓜果的山东人，最后要没零钱找了，高峰期繁忙之中，心急火燎，一拍脑门，抓起一把大葱生姜就往买家篮子里塞。山东大汉塞起生姜，格外豪迈，能吓得买家忙不迭说："用不了这么多！"

然而过了繁忙期，菜市场颇有点渔歌互答的闲雅风情。近午时分，有些大汉打着呵欠补觉去了，精神好的几位聊天、打牌、下棋、吹牛侃山，把摊子搁在原地。小吃摊的贩子们好心，有时负责帮着照看好几家生意，来个买葱姜、茄子的，也能报个价、收钱。都是熟人，再没怀疑的。当然，也有打牌打入神了的，相当可怕。话说我们家以前买了十几年菜的一位卖馓子大叔，牌瘾极大，每天手提着一副麻将牌来卖馓子。下午开桌叫牌，打得热火朝天。这时候去买他的馓子，招呼摊主，他总是头也不回，或喜或怒或惊或故作不惊。你大声问："馓子什么价？"他手一扬："看着给吧！"

入夜之后的菜市场人去摊空，就摇身一变成了夜市小吃街。以前炒饭、面、菜全方位无敌大排档还不兴盛时，夜市小吃基本还是豆花、馄饨这些即下即熟的汤食，加一些萝卜丝饼、油馓子之类的小食。家远的小贩经常就地解决饮食，卖馓子的和卖豆腐花的大叔经常能并肩一坐，你递包馓子我拿碗豆花，边吃边聊天。入夜后一切都变得温情，连卖油煎饼的大伯都会免费摊一个鸡蛋给你，昏黄灯光照在他油光光的皱纹上。

我们这里粮油店的大叔量油称米，日久寂寞，就变着法子地秀手段，称米如飞，你说十斤，几勺掏完，袋子上秤，刚好十斤。你还来不及夸赞，他已经淡定威严地喝"下一个"了。

如此所谓"一抓准""一称准"之类的手段，是菜市场的常用戏法。比如你说"只要五斤左右的鸡"，立刻给你只五斤一两的；你说"要十元的梨"，手法如飞帮你挑好拣定。

我外婆以前执勤收费的菜场，卖鳝鱼的师傅三绺长须，目光如神，自吹是吃鳝鱼吃出来的，用一口扬州腔劝我们："小孩子要多吃红烧鳝鱼！"他杀鳝鱼，扬手提起，下刀，划剖，下水，曼妙如舞蹈，大家看得眼花缭乱，赞美。远处坐肉案的大叔则颇得镇关西真传，下刀切肉臊子，出手如风，只是刀重，常被小媳妇、老太太们念叨："别切这么厉害，都把砧板木头渣子切进去了！"

我印象里最厉害的，是一位卖马蹄的老人——在我们这里，马蹄俗称荸荠，清脆而甜，胜于梨子。但荸荠的皮难对付，所以菜市场常有卖去皮荸荠的。荸荠去皮不难，只是琐碎，费手艺，用力大了就把荸荠削平了，自己亏本儿。我旧居的菜市场末尾有位老人家，常穿蓝布衣服，戴一顶蓝棉帽，戴副袖套，坐一张小竹凳。左手拿荸荠，右手持一柄短而薄的刀。每个荸荠，几乎只要一刀——左手和右手各转一个美妙的弧线，眼睛一眨，荸荠皮落，瞬间就能跳脱出一个雪白的荸荠来，如诗似画。我们小孩子没见过世面，以为是天下高手，围观之，每次都买了大堆荸荠回家吃。现在想来，还是惊艳于那婉转美妙、飞神行空般的双手一转，灵活跳脱。

我离家之后，原以为到了大城市，再看不到大菜市场了——用我妈的话说，这地方"很土"——结果到了欧洲，发现菜市场兴盛之极。巴塞罗那最好的海鲜烧烤和火腿，都在传奇的波盖利亚大菜市场，色彩缤纷，常见有亚洲游客，真扛一整个火腿回去的。我则喜欢那菜市场的果脯和后头的烧烤。

新鲜杨梅论篮卖，
个个紫红又浑圆。

巴黎的大菜市场，名气还大些，而且悠久。钱锺书先生的《围城》里，方鸿渐坐在个味道怪异的沈太太身边，"心里想这真是从法国新回来的女人，把巴黎大菜场的'臭味交响曲'都带到中国来了"。

传统的巴黎大菜场，指中央市场（Les Halles）。这玩意早在12世纪时就有概念：巴黎人民在市中心分区摆摊，贩卖蔬菜。中世纪时，这里除了卖菜，还带杂耍卖艺、演讲、皮肉生意，大革命前夕，还有一身华服的新派贵族来鼓励人民。19世纪中叶，这里建起十二座大市场，大作家左拉说，这是"巴黎的肚肠"。每天天不亮，八个火车站，五千辆马车，将猪羊牛鱼、蔬果瓜菜，一气儿运到中心去。

当然，如今大菜市场消失了，分流了，潜入了大街小巷。

比如朗吉斯市场（Rungis）。海鲜、肉类、蔬果、奶酪、鲜花，每天仅蔬果，总得出去三千吨。这地方已经算巴黎近郊了，小巴黎穿戴整齐的诸位轻易不来，这里都是专业厨子、资深主妇、食品供应商，这里都是行家，挑肥拣瘦，巧舌如簧。偶尔夹杂着旅游者来看热闹。既然如此，免不得看见论半爿买卖的牛、巨大的鱼、大桶的酒之类专业的玩意了。

一般游客爱去的，是拉斯帕伊市场（Raspail）。这地方在拉丁区，每周二、周五、周日出摊。卖的东西也不吓人：土豆、蒜、韭葱、春夏樱桃、夏秋葡萄、杨桃、蜜瓜、蘑菇、大蒜、鳕鱼、鲑鱼、贻贝、各类香草——总而言之，淑女们也可以从容面对，不像一个猪头、半爿牛那么让人花容失色。去拉斯帕伊周边的餐厅，叫一份松露煎蛋，或者让上一份意大利面浇橄榄油和松露碎片，多半货真价实：毕竟菜市场就在旁边，抬腿就到。至于一旁卢森堡公园里，坐着看孩子奔跑、业余乐队演奏，一边啃酱猪肉三明治的诸位，多半都刚从拉斯帕伊出来。

当然，不一定非得去这类地方，各地有自己的集市。

比如，塞纳河的托尔比亚克桥边，每逢周末，在卡萨尔斯路边的上坡段，会摆出一列水产。鲑鱼、贻贝、大虾、牡蛎，不一而足。常有人路过，顺手要俩牡蛎，买一瓶农民自酿酒，就溜达过马路，去塞纳河边喝酒。某天我跑步经过，看见有位仁兄手插在口袋里，头发后梳，整个人慢条斯理，走到一个牡蛎摊边，掏出钱放下，伸嘴。牡蛎摊老板老练地持刀开壳挤上柠檬汁，将壳沿递到客人嘴边，客人一口吸走，点点头，抿抿嘴，满脸"好鲜"，然后继续溜达走了。

巴士底广场每逢周四，会开两大列四大排的市集，蔓延半站地铁的长度。服饰、音像、鸡蛋、海鲜、蔬果们便不提了，有阿姨专门做了肉丸、烤鸡这些成品货。周遭的学生与上班族周四午休就跑出来买了，坐在公园里面对着喷泉大吃大喝。片伊比利亚火腿的西班牙摊主还会引人围观，看他如何削出薄如纸片的殷红火腿。临了，奶酪铺子那边是最让人爱恨交加的：那堆铺子常在地铁口旁，所以出地铁的诸位，有皱眉掩鼻而过的，也有满脸舒泰赶过来看热闹的。

现代食品工业，是把肉类、蔬果都分门别类切割包装，很容易让人觉得买一坨牛肉与一条面包，相去不远，都是买包装好的东西。真到了食品的源头，才会发现，食材本身到底还是粗莽原始、血气厚重的。

在19世纪法国大诗人波德莱尔眼中，真正的巴黎民间快乐，来自于那些最平常的节假日。孩子们逃离学校，大人们与噩梦般的生活暂时议和，在与生活无休无止的斗争中和整天的提心吊胆中，获得一次短暂的停歇。无论是市井之徒还是致力于精神世界的人，都难以摆脱这民间的快乐。到处是一片光芒、烟尘、叫喊、欢乐和嘈杂，生命力满溢的狂欢。

这种狂欢是什么味道的呢？波德莱尔说，是一种"油炸食品的香味"。波德莱尔认为，这味道压倒一切芬芳，像是为这节日所供烧的香火。

巴黎传奇中的上流社会是什么味道，我们已经无从得知了，但左拉在《饕餮的巴黎》里，倒是如此绘声绘色地报了一段菜名：什锦生菜、莴苣，蓬勃肥壮，各带泥土，都露出鲜润的心；成把的菠菜与羊蹄菜，成堆的四季豆与豌豆，包心白菜和卷心菜堆积如山；茄子深紫，番茄殷红，洋葱金黄，南瓜橙黄，胡萝卜，白萝卜；整头小牛，鲜红的牛羊肉，淡红色的小牛肉，小牛脑髓，深紫色的牛腰子；猪肠子里塞了生肉糜和生油；腊肠，腊猪舌，猪肉糜；鹅肝冻、野兔冻；丁香，豆蔻，胡椒；腌青鱼，熏沙丁鱼，肥膘火腿，柠檬果盘；熏牛舌，熏猪肘；苹果，白梨，葡萄……

这些，加上大葱味、大蒜味、甜菜味、波德莱尔说的油炸食品味，才是巴黎真正的底色。

我每次回无锡，都喜欢陪爸妈再去菜场，顺便吃馄饨、汤包、芝麻烧饼、羊肉汤、牛肉粉丝汤——菜场上的东西，总是喜欢吃点。

闻到鱼腥味、菜叶味、生鲜肉味、烧饼味、萝卜丝饼味、臭豆腐味、廉价香水味，听到吆喝声、剁肉声、鱼贩子水槽哗啦声、运货小车司机大吼"让一让、让一让"声、小孩子哭闹声，望着满菜市场涌动的人流和其上所浮的白气——呼吸呵出来的，蒸包子氤出来的——我觉得自己又回到了妥帖安稳的地方。好像小时候菜市场收摊后的馄饨铺，热汤和暖黄灯光似曾相识的温暖出来了。

玛格丽特·杜拉斯在她著名的《情人》里，描述女主角与那位情人约会的房间。那里该是什么味道呢？杜拉斯写道：浓郁的香烟味、炒花生味、牛肉汤粉味、烤猪肉味、蔬菜味、茉莉花味、尘土味、佛香味、松炭味……

就是在如此生活化的味道里，女主角和她那位情人对彼此所爱永远铭记，至死方休。

所以，您看，哪里的人间味道，都是差不多的。到了菜场，人化成了泥，融进了一个庞大、杂乱但温柔的泥淖中。人只有真正回到了有人味儿的地方，才能想起来：人间是这样的呀。

改头换面的家乡菜

我当年初去重庆，满街找重庆鸡公煲的店面，找不到！——那会儿上海却是满街重庆鸡公煲，将鸡块下麻辣锅，加大量的芹菜、洋葱等炖了当作锅底，再加其他料。若说："重庆就没有鸡公煲！"

我大学时去过一次兰州，停留甚短，也不太找得见"兰州拉面"的字样。去问吃早点的朋友，你们吃的这是什么？"牛肉面！"

我陪一个北京朋友在上海徐汇那边，通宵唱完歌，摸着晨光去吃早点——经历过的都知道，通宵之后，一碗甜豆浆最惬意不过了——然而他看见"老北京豆浆油条"的招牌，眼睛瞪直了："你们吃油条就豆浆？""是啊。难道你们就豆汁?"才不是!豆汁应该就咸菜丝儿!"之后一小时,他跟我不厌其烦地聊了半天砂锅粳米粥……

李碧华写过个专栏,认为港式茶餐厅里所谓扬州炒饭,产地并不在扬州。我细想也是:扬州人吃炒饭,可并不是这风格的。后来一查旧书,扬州炒饭是伊秉绶发明的,他老人家是福建人,四处做官,除了扬州炒饭,还发明过伊面,真厉害……

这些温暖了全国肠胃的饮食,各有一个被改头换面的甚至虚构的故乡,为他们的滋味提供一点依据、一点来历。

当然并不奇怪:全世界都是这样啊。借个地名,一改良,就飞走了!比如说,北美和欧洲许多寿司店,会正正经经,卖一种加州卷寿司,粗大威武,是米饭和紫菜两层翻卷过的,外层蘸蟹籽,内层该有黄瓜、蟹柳、牛油果,加上蛋黄酱。味道醇浓,姿态威猛,而且是少见的,不用讲究"泪"(也就是山葵)和"紫"(也就是酱油),也能好吃的寿司。好在其味道繁复又厚,顶饱。

这个东西,你去日本的老牌寿司店,师傅不太会做。理由呢?加州卷寿司是20世纪70年代洛杉矶的东京会馆餐厅想出来的,哄美国大肚汉们的玩意儿。

那时节，美国人对日本的刺身文化，刚觉得新鲜有趣，既好奇又敬畏。给他们加了牛油果和加州蟹肉，就觉得理所当然，可以放心吃了。至于紫菜反卷，是怕美国人嚼不惯紫菜……

当然，现在您去横滨或东京的罗森超市里，还是有加州卷寿司卖的：世界很大，日本人也知道该迁就外国人。

美国人最熟的中国菜之一，乃是 General Tso's Chicken，左将军的鸡，也就是左公鸡。美国人当然不熟左将军何人也，实际上，左宗棠自己生前，都未必知道这鸡——左公鸡。最靠谱的说法，是出自大厨彭长贵之手。

他老人家在民国时，把鸡腿肉切丁炸熟，用辣椒、酱油、醋、姜、蒜炒罢勾芡、淋麻油，做了鸡吃，拿来伺候蒋经国，说这是左宗棠家吃的——结果彭师父没留名，左将军倒成了这鸡的发明者！

论渊源，彭长贵大厨的师父，是当年掌勺谭家菜的曹荩臣，往上要提左宗棠，真是又偏又远，未必挂得上号。但左宗棠太有名，这一味彭鸡肉，就变成左公鸡了。

最古怪的是，左公鸡按说最初是湘菜，但欧美人现在做起来，越来越甜酸。要知道，左宗棠是个湖南人，在新疆前线爱吃的，是胡雪岩给他寄的莼菜，也没听说他爱吃酸甜口啊！

美国漫画《忍者神龟》里，四个龟各自背着文艺复兴时四大宗匠的名号：达芬奇、米开朗基罗、拉斐尔和多纳泰罗，于是设定他们都爱吃意大利披萨。按官方漫画，会有个有趣的矛盾。他们的师父斯普林特老师很日系，喜欢吃刺身，可是四个忍者龟，最爱吃馅料丰足花哨，布满蘑菇、三文鱼、萨拉米腊肠、青椒到看不见馅饼本身的披萨，大概是为了显得他们很意大利吧。

然而稍微了解点披萨的，就知道这中间有些矛盾：一个标准意大利人，并不爱吃美国那种大如桌面、厚如椅垫，馅料琳琅满目的所谓披萨。在意大利，你能吃到的意大利披萨，通常薄而简洁：只有萨拉米腊肠、奶酪和番茄酱，烤得极快，不用你等足十五分钟。端上来，你能一口吃到脆香的披萨面饼，而不是华丽的馅料。

美国人热爱的披萨上面的馅料，叫作topping。他们还自得其乐，搞出过一种芝加哥大披萨。披萨的皮子，做成盘子状，中间填上一层馅料，再填第二层，顶上用番茄酱和芝士封住，然后举着整个披萨拿去烤，烤完了，拿出来吃。

如果说，传统意大利披萨是个薄面饼略加点染，美式披萨是个厚面饼托着大量馅儿，那么芝加哥披萨就是个面盒子，里面装满了馅料。再大肚汉，吃几口也能饱——好吃，但实在是腻人。

横滨中华街某些馆子里，有种玩意儿，叫作天津饭——不是《龙珠》里那位——您乍看就会吓一跳，觉得这玩意很怪。

做法是：蟹肉蟹黄，加入鸡蛋，加上豆芽、虾仁，放上米饭，再勾芡出浓稠口感。乍一看，像是华丽版的蛋包饭，而且还可以配汤。端上桌来，让人不敢认，味道却是好的，但绝对不是天津风格——吃惯天津的煎饼果子、嘎巴菜、贴饽饽熬鱼的，都会这么觉得。

日本人的说法：所以叫作天津饭，是因为最初的做法，用了著名的天津小站米。至于其他乱七八糟的配料，应该是日本人自己的发挥了。

日本人还吃所谓"中华凉面"，可我觉得更像朝鲜冷面。当然，细看的话，中华凉面和朝鲜冷面也有区别。面是和好后切的，添加酱油、酒与醋做汤头，吃起来爽口有余，但跟中华有多大关系呢？不知道了。

所以，别太抱怨"吃不到本地正宗了"，全世界人民都不太吃得到所谓"最正宗的食物"。

话说回来，也不一定是坏事。食物嘛，总得因地制宜，最后本土化。比如KFC到了中国，也就有了芙蓉鲜蔬汤。而我们所期望的"原汁原味的美食"，往往并不一定符合我们的习惯，全世界都是如此。

很可能，当我们真吃到原汁原味的本地特色菜，反而会觉得：这个，我还真适应不了……就像我当年在上海，吃惯了各色所谓"正宗重庆麻辣火锅"，自觉已经是资深火锅爱好者，到重庆去，看见翻腾凶猛、浓郁到牛油滴在桌布上瞬间凝结的火锅，还是被当场吓住。若瞥我一眼，就叹口气，对店家说："给我们来个鸳鸯锅儿……"

这脾气，过瘾

去重庆人和街一个街边面馆吃早午饭。看菜单发愁：都想吃怎么办？老板娘说：点三样小份好咪。

三鲜面好吃。这家三鲜面的三鲜，是猪肚、猪肠、猪肉。问老板娘怎么处理得既汤清如水，又没腥味。老板娘一边腌肉一边答：白胡椒调味嚛！

素椒杂酱面好吃，好吃得我吃完了面，空口把酱都吃净了。问老板娘这酱怎么调味的，老板娘一边腌肉一边答：先下糖再下盐嚛！

甜水面好吃。问老板娘怎么会这么好吃，老板娘一边腌肉一边答：自家打粗面嘛。

最后吃冰粉凉糕时，听老板娘训起了当家的，说昨天肥肠没腌对。怎么没腌对呢？说她家的狗"嘴巴刁得很"，每天吃店里的下脚料和剩菜时，如果味道不对，就不肯吃。像昨天，狗就不太肯吃，这都怪当家的："你味道调不好，狗都不肯吃。"我看看桌上被自己风卷残云吃得一干二净的盘子，总觉得似乎哪里有点不太对……

巴黎十三区某华人超市，肉柜是单独列的。剁肉的大叔，有客人时操刀搬肉，没客人时就随手剁些肉糜、鸡翅、鸡腿，另装塑料袋，待人买。

我在柜台前低头看肉。带皮五花肉、肋排、腿肉……正犹豫着，卖肉的大叔放下保温盅过来了："买了肉准备怎么做？""炖汤，配莲藕。""那么买肋排，便宜，炖汤香。"说着，他拿身后保温盅给我看："我老婆给我炖的黄豆小排汤，你看你看！"我："那就，肋排来一公斤吧……""好！我跟你说，这个拿来炖汤呀，好得不得了！我老婆炖汤也炖得好！"我附和："是的呀，真是好！"他一边斩肉，一边说："是的呀！我也觉得我老婆真好！"

还是这位的故事。冬天，肉柜前面排起了队。常来的几位都是熟脸，大家还聊聊：真冷，回去炖什么好呢……正排队，有位壮硕的阿姨，忽然一路冲到队伍前排去了，朝柜里头嚷嚷："我要排骨！"排队的就有人不乐意了，用中文招呼："喂，那位太太，排一下队？"阿姨大嗓门："哎呀，我买得多，急着呢！——哎，你给我称啊！排骨！"

插队的人容易引公愤，但谁嗓门大，谁豁得出脸，谁就容易胜利。排队的人也没法说话了，虽然都是一脸"谁没急事啊"的不平脸。卖肉大叔看看她，用法语问了句："什么？"阿姨愣了。大叔又用法语说了句："我不会讲中文。"然后朝排队的诸位看看。排队的诸位都不说话。阿姨用手比划，指着排骨，又竖起手指头："一斤！一斤！"

大叔耸耸肩，表示听不懂。朝队伍后排轻轻伸了伸手，让阿姨后面排队去。继续用法语问下一位："要什么肉，什么位置。"排队的都很有默契地不吭声，继续买肉。阿姨看看，好像也明白了，老老实实排队了。终于排到她了，大叔用字正腔圆的上海腔普通话问她："个么你要一斤排骨是吧？"

我故乡那儿的男浴室，以前是这样的：厚重的大棉花门帘，挡寒气；举起门帘进去，倏就暖和了。进门，小胖子服务生先扔块热毛巾过来："揩揩面。"

毛巾滚烫，初来的人经常被砸脸，小胖子满脸惶惑，把热毛巾往肩上一搭，过来扶住了："对勿起对勿起!"

认好了床铺，各人分发衣柜钥匙，脱净了，进大水池子，像下饺子似的，一堆人泡着。茶房端一玻璃杯绿茶上来。脱完衣服，进门，找一角池边，放下洗浴用品，用脚试水温，搁两只脚进去，若水烫，不免牙齿缝里丝丝地透气。再过一会儿，半个身子没下去，再没至颈，水的烫劲包裹全身，先是暖，继而热，末了全身发烫，像虾子一样发红，等全身开始刺刺地痒起来，呼吸困难了，发梢开始流汗。这时哗啦啦一声出水，喘两口气，在池沿坐会儿。

如果是老人家，就会被人问："还行吗? 要不出去?"老人家摆摆手："我再烫烫，再烫烫。"水凉了，就有人嚷："冷死了!"水烫了，就有人嚷："杀猪呢?"

掌柜的应一声，亲自过来调一调水温。如是者三，再出池子来，去喷头下洗头，冲淋浴，有人就叫个擦背的。出了浴池，就接茶房递的热毛巾擦身，躺床铺上，喝口绿茶，打个呵欠，全身舒泰，飘飘欲仙，聊着聊着，就犯困，睡着了。

某年冬天，来了位身上带刺青的大哥，每次来都带三个小弟，占据横排四个铺位。小弟伺候大哥脱羽绒服，进去洗澡时，也处处帮衬着。大哥出来了，不说话躺着，小弟招呼师傅来敲背梳头，有时还出门，给大哥买馄饨，"馄饨来了"。从头到尾，大哥不多说话，一脸被人伺候得心安理得模样。大家开始有些怕他，不敢多话。

这位大哥冷傲了两三次后，形象毁了。有一天洗完了，裹着毛巾跟一个小弟下棋。澡堂里有棋瘾大的，走过去看，支招，于是就顺势坐下，跟大哥对下。大哥很酷地说："我们这是赌输赢的！""赌个什么？""输了的人刮鼻子！"

大哥下起棋来，风云变色。比如："我这个象，你敢吃？你敢吃！？"

对面吓得愣住了，观察一圈，发现确实没后招，吃了，大哥也就悻悻的："好，吃了就吃了吧……"输了，就老老实实让大家刮鼻子。刮完自己摸摸鼻头笑笑："再来再来！"

这位大哥棋瘾大，臭棋篓子，输了就老老实实让大家刮鼻子。到大家都刮惯他鼻子后，就没人怕他了。大哥跟大家混熟之后，也显出豪迈来。他是四川全兴球迷，大家都是周日来洗澡，经常一起洗完澡，躺着看直播，掌柜的也偏着头看。当时比坎尼奇进了一球，大哥很高兴，一拍手："这里几个人？十四个？去，去买十四碗馄饨，我请了！"

秋天，在北京丰台吃午饭时，看到隔壁桌老夫老妻吃芋头炖肉。老爷子不停夹肉给老伴，时不时给自己夹块芋头。老太太默默地碗里吃一筷肉，夹一块肉给老爷子，又从老爷子盘里夹回一个芋头。这奇妙的流动持续了一会儿，老爷子夹起一块肥肉眯眼看，老太太说："都看不清就甭给我夹了。自己多吃！"

我某位同学的爸爸，四川内江人。有一天开着车在路上呢，红灯停了，手指敲着方向盘，忽然想起什么，让女儿帮着拨电话："那个汤，可以开始热了，我还有十五分钟到家，这样客人们正好来得及吃，味道刚好。"

还是这位。他女儿和他准女婿初次见他时，迟到了五分钟还是十分钟吧，全桌都等着。老岳父脸色不大好，说："来了，就坐下吃吧。"吃到后来，面色和缓了。跟准女婿说，别介意，"有点不高兴，但不是针对你。就是这个鱼啊，端上来，凉了，就不大好吃了"。

他在海南，弄到一块极好的鱼肉。朋友都说，烤了吃就好。他说不，打电话问朋友："你们知道谁明天正好要过来？"打听到了一个当天下午要飞过来的朋友，就跟他说，哎呀，麻烦你帮我带哪几样酱油、哪几样料过来。挂了电话，回头特别严肃地说："好鱼，不好好做，就浪费了！"

里斯本的罗西奥广场往北走，到斜坡那里，有几家凭斜坡建的老馆子。有一个店，一对老夫妻开的那种家庭店，太太掌厨，老先生招呼客人。我们去得早，其实没到饭点呢——伊比利亚半岛吃饭都晚。老先生胖胖的，很有福相，老太太就很典型的南欧脸。

我们坐下来笑问有什么拿手菜时，老先生说：我太太做的，什么都好吃！不信，看我的体型！我就乐了，要了份鲑鱼，要了份脆鳕鱼条，要了波特酒。老先生帮太太递料打下手，很勤谨。

确实手艺好。老先生看我和若吃得香，自己咽了口口水。然后，自己在我桌对面坐下，指着鳕鱼条，对他太太嚷："鳕鱼条，我也要一份！"太太就一边起灶一边笑，看起来就像情侣耍小孩脾气似的。我当时笑得快摔倒了，就赶紧划拉一堆鳕鱼条给他老人家。于是三个人一边吃一边夸，都说好。

我以前，一直以为松茸该用来蒸蛋，或者烤着吃，应该走雅致范儿。

跟长辈们过康定城区，河旁的老菜场，有肌肤黝黑的老摊贩，皱纹里都镶着神秘感。你去问他们，总摇头，"被订掉了"。得看到你身边站着他熟识的哪位，他才展颜，揭开地上篮子上的白布，露出松茸来。

我们带着松茸上了高原，我一路寻思：没好的厨具，怎么调理这松茸？住的地方也挺偏僻啊。到饭点，长辈就支起从平地上带来的一块铁板，一堆切片五花肉，基本都是肥肉。

洗干净松茸，放着。铁板加热，先烤些五花肉。不为了吃，只为熬出五花肉的油来。熬到五花肉油吱吱响时，松茸切片，放在油上，须臾烤香，猪肉油上又多一重幽淡味道。

撒薄盐，绝不能多，夹起来吃。这时嚼来，汁浓味鲜。

长辈跟我说：好松茸，绝不能多调味，不然浪费。我说这我懂。长辈说：但不调味也不行，一定是要现熬出来的五花肉油，加一点盐，这样才引出松茸的味道。所以不辞辛苦，别的调味料都不带，专门带了好盐和好五花肉，就为了这一口。

吃贵州酸汤鱼和丝娃娃，跟长辈讨论说真神奇，丝娃娃按说是素春卷——卷海带丝、折耳根、豆腐干、酸萝卜等等——但为何吃了有满足感，又不腻？长辈说因为口感丰富，蘸酸汤味道厚，所以既吃得香，又吃不腻。

贵州酸汤有些像冬阴功（木姜油与香茅有类似处），上口酸香，但又比冬阴功平顺、隽永、耐喝。长辈说因为酸汤本来也不是重口味，以前是可以代盐的，所以香浓但不滞重，口重的可以另用蘸水调味。

如是吃酸汤鱼带丝娃娃，感觉就是永动循环。上桌时还觉得汤多，等吃脆哨炒饭想就口汤喝时，才发现连汤带食，不觉全没了。

冬天回乡，鼻塞，没睡好。早起到面馆坐下，头疼，要了面、肥肠与姜丝。

看，坐在门口的吃客，大多年轻些，吃拌面多；吃汤面的，有人还脱了外套叠在膝上，免得沾汤；面来，筷子擦碗溜底一拌，唏哩呼噜地吃："呼噜"是把面塞嘴里，"唏哩"是吸溜面；吃完最后一口，腮帮还在嚼，外套已披上，餐巾纸一抹嘴："老板娘，我吃好了！"然后出门去。坐店堂深处的吃客，大多年长些，吃汤面多，吃一口，唏哩唏哩地吸，索罗罗地收尾，手指横托着碗沿捧起，轻轻喝一口汤。筷子轻轻在碗里一找，又找起一丝面，唏哩唏哩地吸。吃喝完半碗，把姜丝放下去，轻轻拌开，姜丝在汤里漾着，接着慢慢吃。

店里也卖白斩鸡肉、鸭肉和素鸡。面汤是鸡骨鸭骨熬的，加酱油和葱花。我一口面，一口肥肠，一口姜丝，一口汤，偶尔抬头看看店里挂的梅兰竹菊、"家和万事兴"和"面面俱到"。

面吃完了，还剩半碗汤，我歇一下。老板娘摇摆着走来，问我要不要收了，我说不，别收，好汤啊，这我要喝了——我有点鼻塞。老板娘一听，一拍手一点头，转身去厨窗边，须臾回来，托一碗浮满了葱的汤放桌上，把我吃剩的半碗汤端开："你这碗汤不热了，弗要吃了——吃热汤！整个吃下去！"

我托碗把面汤喝了，鼻尖出汗，眨眼，有些眩晕。老板娘拍拍我，说披好衣服，不要冷，回去，好好休息！

回到家，和衣又睡了一小时。醒过来，鼻子通了。

淡季的旅游胜地

您去过淡季的海岛吗？

地中海的某些岛屿，每到夏季便斑斓华丽。白色的游轮在蓝色海面上浮荡，运来送走一船又一船乘客。各色看得见海景的小镇酒吧，几乎没人乐意坐在室内，大家都在室外桌椅上，一身短打，戴着墨镜，喝五颜六色的鸡尾酒，吃各种水果沙拉和甜点。周围荡漾着巴萨诺瓦、爵士乐、意大利民谣及各色适合阳光天的音乐。晒得肤色均匀的姑娘们换着角度自拍，上传社交网络。小店主人们端着各种异国风情菜肴走来。欢乐一直持续到深夜，凌晨街上都有人晃荡着找宵夜。而第二天早晨几乎万籁俱寂，除了早起离开的游客发出的声音。总得到中午，大家才起床吃东西；午觉时间之后，街上人才多起来。

身历其中的人，会产生一种幻觉：仿佛欢乐永不结束，仿佛阳光永远灿烂，每个人都永远25岁。

但到了冬天，淡季的海岛是另一个样子。绝大多数露天经营的店面都关了。老板们如候鸟一般去到他处，经营另一季生意或休息，等旺季重新到来。阳光不那么明媚时，海的颜色也不再深蓝，笼罩上了铁灰色，好像老父亲发现了儿子暗藏的不及格试卷似的。风大，雨多，不至于寒冷，但颇为阴郁。这种时候，镇上居然还开着店，就真是稀罕了。

这位老板开的是个最普通的小吃店。午饭点儿去，菜单只有一张纸，两面，一面写了沙拉（各种蔬菜、奶酪和不同口味橄榄油的来回搭配），一面写了肉类的拼盘——后来我发现，晚饭点儿去，也是这么张菜单。

老板递给我们菜单时，先告诉我们，"甜品没有——冬天不提供甜品"。温和地让我们去一个晒得到阳光（如果阳光能破云而出的话）的座位，递来饮用水，微鞠一躬离去。一会儿，店堂里响起了音乐，尽管店堂里只我们一桌客人而已。

我要了当地沙拉（黄瓜、西红柿、芝麻菜、羊奶酪、腌橄榄和新鲜橄榄油）、调味沙拉（大朵生菜、烤奶酪切丝、蜂蜜与咖喱调酱）、串烤牛肉、鸡肉和卡巴布、旋转烤肉。

旋转烤肉，许多人当是产自土耳其，但土耳其的许多东西，并非土耳其自产。比如土耳其浴本是罗马人的习惯，1453年君士坦丁堡被土耳其人拿下改成伊斯坦布尔，土耳其人萧规曹随开始洗澡，西欧人，尤其是英国人，便管那叫土耳其浴，很有数典忘祖的嫌疑。土耳其烤肉也不是土耳其习俗。《伊利亚特》里，希腊各位国王英雄们都在祭祀时吃烤肉。扳起祭畜的头颅，割断它们的喉管，剥了皮，剔了腿肉，用油脂包裹腿骨，包两层，把小块的生肉搁在上面，由老人把肉包放在劈开的木块上焚烤，洒上闪亮的醇酒。年轻人则握着五指尖叉，把所剩的肉切成小块，用叉子挑起来仔细炙烤后再吃。祭祀完神后，英雄们自己吃。

当然，不妨碍旋转烤肉（döner kebap）流行欧洲。每家卡巴布，都会迎门当街，在人看得见的地方，放一个大烤炉，和一大串缓缓转动的肉。一脸的货真价实，顺便也是视觉刺激：没什么东西比正挨着烤、慢慢泛起深色的肉更惹人怜爱了。肉上抹足香料，随转随烤随割。

你点好了单子，就看见老板手持一柄长尖刀，过去片肉，且烤且片，片满一大盆，就齐活了。我常见有饕餮者，看来是真爱吃肉，面包三两口就着沙拉咽了，然后，不胜怜惜地用叉子挑起肉来——肉被烤过，略干，外脆内韧，很禁嚼，因为是片状，不大，容易咽——呼呼地吃，油光光的腮帮子，因为嚼肉，上下动荡，眼睛瞪着，脖子都红粗了。吃下去，咕嘟一口饮料，接着一叉子肉。

毕竟，面和肉的组合，全世界都爱吃，只是容易腻。所以懂行的烤肉馆子会放上自制酸奶酱，再聪明一点的会自制泡菜。

汉堡包、希腊口袋面包装烤肉、各色其他类似的食物，许多都夹杂着馅儿：除了肉，也加黄瓜、洋葱、番茄、芹菜。中东许多地方流行加腌菜，觉得这样配肉吃，才不腻。

且说岛上这家，味道意外地好：沙拉爽脆，调味精确，牛肉火候精准，鸡肉焦脆，卡巴布也没有欧洲大陆的烤肉那副"我们有点怪味也是正常的嘛"的样子。总之，是质朴醇厚的味道。只是，除了调味沙拉之外——老板颇为调味汁自豪，因为是自己调的——都缺少旅游胜地味儿。

嗯，所谓旅游胜地味儿，大概就是：色彩斑斓的果味、甜味、轻盈明丽的味道。让人想拍照发社交网络，觉得很适合跟朋友吹嘘，适合搭配香槟和鸡尾酒，同行的伴侣吃了也会爱上自己的那种味道。而这家则老实得多，烟火气得多。

老板也没很殷勤地在桌边转，自己坐在店堂门口，看冬季灰色的大海。

我跟同行的朋友开玩笑说，这就是淡季味儿：店面都懒得讨好客人。但终究，在冬日的海边，吃着烤串，听着音乐——听到艾拉·费兹杰拉那首《夏日时光》时，我忍不住随着哼了几声——真有点到了世界尽头的感觉吧。

结账的时候，看着低廉得不对劲的价格，我问老板：冬天挣钱吗？老板摇头。那干嘛还开着呢？——大多数馆子都歇业了呀。老板说：因为镇上的人也要吃饭的呀！——总不能让他们没饭吃。

淡季的海岛，就是这样子。

某天，我想去农贸市场。到海滨大道，见一位出租车司机大叔，腆圆肚子亮大光头，车旁支一把椅子晒太阳。跟他说声去农贸市场，大叔懒洋洋睁眼，拿别扭的英语说："农贸市场，你们走过去也就几百米，打车还得绕山，反倒要10欧元，太贵了！你们还是走着去吧，很近的！"我跟大叔说："我是游客，不熟悉呀。"

司机大叔从椅子上支起身子，端端大肚子："走走，带你去！"——走出二百余米，一指前方一个五颜六色的建筑："就那里啦！旅途愉快！"说完转身回去，大概接着睡午觉了。

走到小镇上，看见一群野猫云集，中间蹲着个阿姨，手提着袋子。我走近看两眼：喂猫呢。我："这都是您养的？"阿姨："不是啊，野猫。冬天没什么游客，得让它们过冬啊。"我："真好。"阿姨："也很简单——你出门时，随身带点猫粮，随便给它们喂点儿，就好啦！"

隔了三天，第二次去那家烤肉时，老板看看我，认出来了，招呼我入座。还是有阳光的位置（这天的确有阳光），点完单后，开了音乐——直接调到了《夏日时光》那首歌——还给我端了份酸奶来，说，自己早上弄的，不介意的话就来一点。

我吃完抬手要结账时，他点点头，出去晃了一圈。回来时，手上端着个小树桩蛋糕。我问他哪儿买的，他说是镇上冬天仅有的一家冬天不关门的甜品店里来的——那是一家1912年就开着的甜品店，到冬天就卖点不会坏的油炸甜食。

老板说，很抱歉自家店里没甜品，所以买一个作为礼物。我谢了他，夸他很是大气。老板笑，说："淡季还开着门的人，都是这个样子——就想交个朋友，见见人。"

不是为了跟人交朋友，直接回家睡一个冬天多好？"得见见人，才能度过冬天啊。"

大概，旺季的潮水与阳光退去时，比较容易看得见冬日里还暖和着的人情？

三 味外之味

吃荤与吃素

人类历史上吃素最积极的，大概是印度人。

印度著名的阿育王曾劝大家别杀动物，别搞动物祭祀。与此同时，大概公元前6世纪，印度就有讲轮回的教派，倡导大家别吃肉：轮回转世啊！吃肉可能吃到自己的亲戚呢！

在素食主义vegetarian这词诞生前，英语里曾管素食者叫毕达哥拉斯。众所周知，毕达哥拉斯是古希腊大贤人，据说他也信素食主义，信轮回学说。古希腊的欧多克斯甚至说，毕达哥拉斯不仅不吃动物制品，还和厨师、猎人保持距离——听来有点像我国古代所谓"君子远庖厨"。

有趣的是，古希腊的斯多葛派却对素食不屑一顾，他们觉得，野兽缺乏人类的理性，人类不该用对人类的道德来对待动物——所以吃野兽肉，也没关系啦！

信轮回的人，的确容易吃素。中国和日本历史上，都有佛教徒提倡禁杀生、多吃素。日本直到1872年，明治维新之后，才正式解禁了肉食，之前许多年，明面上都不太让吃肉。当然，上有政策下有对策，开禁之前，想吃肉的日本人会给肉起点雅称来遮盖：猪肉锅不叫猪肉锅，叫牡丹锅；鹿肉锅不叫鹿肉锅，叫红叶锅。后来解禁肉食时，还有些僧侣反对，说吃肉会摧毁日本人的灵魂——现在看来，日本人吃了一百多年的肉，也还没被摧毁灵魂吧。

葡萄牙濒临大西洋，所以葡萄牙人爱吃鱼，会吃鱼。早年每逢天主教大斋期，不让吃肉了，葡萄牙人就吃鱼来代替。当时还流行一种做法：拿奶油面糊，裹好了水果或海鲜，炸了吃。16世纪，葡萄牙传教士到了日本，带去了火绳枪、钢琴、地球仪、基督教，以及这种炸鱼吃法。日本人管欧洲外来者叫南蛮，管火绳枪叫铁炮，管基督徒叫切支丹，也看中了这个"大斋期"炸鱼吃法：这玩意读音不是tempura吗，好，就照着念吧，这就是日语所谓天妇罗了。日本的天妇罗，就这么来的。所以日本人和葡萄牙人说是吃斋，可还是炸鱼炸得很开心。鱼都要生气了：你们不是不杀生要吃斋吗，干嘛还要吃我啊？

美国有媒体总结，21世纪，全世界的素食者里，大概有七成是印度人。这里有宗教因素，也有经济因素——有些印度人是真不爱吃肉，更多人是吃不起。

反过来，美国虽然据说素食主义者很多，也很积极，但总括大概只有不到3%的美国人是真不吃鱼、肉和家禽的。所以：您看，只要吃得起，大多数人还是乐意吃肉的。

中国文化里，最家喻户晓的一个不吃肉的人物，大概是唐僧。读《西游记》的诸位，一定对唐僧的化缘印象深刻。就因为他只吃斋饭，还得时不常让孙悟空驾筋斗云，三山五岳地去化缘找现成斋饭。其实孙悟空跟唐僧之前，唐僧已经折腾过一遍。他五行山前遇了老虎，被猎户刘伯钦救下。刘猎户拿了烂熟虎肉，热腾腾招待唐僧吃，唐僧便不肯。老刘自承了难处：他家里那些竹笋、木耳、干菜、豆腐，也是动物的油来煎，实在难做素菜。还好老刘的母亲冰雪聪明，将锅刷干净，用榆树叶子煎了茶汤，煮了干菜与黄粱米饭，唐僧这才吃了。旁边老刘还吃些没盐没酱的虎肉、鹿肉、蛇肉、兔肉，陪唐僧吃斋。

其实僧人吃素，实在说来话长。早年比丘讲究不杀生，不食荤，并没说不让吃肉，甚至还有个概念，就是所谓"三净肉"。三净肉是可以吃的。"荤"这个字，最初本指葱姜这类有气味的菜。据说是从梁武帝萧衍开始，才流行起僧人不杀生不吃肉的。连带后世信佛人家，也为了求积德积福，要茹素吃斋……

但茹素吃斋的人，真爱吃素吗？

据程嗣章《明宫词》说，崇祯皇帝与皇后每月持十斋。上头吃斋，下面就得准备素菜，但御膳房不敢怠慢，将鹅褪毛收拾干净，将蔬菜搁在鹅肚中，煮一沸取出，洗净，再用麻油烹煮罢来吃。

崇祯吃斋，本意是为了不杀生，但这种吃法，显然还是得杀鹅。作为食材之一的鹅，想必不大满意：说是持斋不杀生，怎么还要折腾我？

到了清朝时节，据说睿王府有个老福晋常年吃素，胃口不佳。睿王孝顺老母，专门安排个小厨房，葱蒜韭菜都免入，专给老太太做素菜。厨师如走马灯般来了又去，老太太总是没胃口。

终于来了位厨师，炒出来素斋美味绝伦，老太太心满意足。但久而久之，大家生了疑心，仔细观察，发现这位厨子每天肩上搭一条白巾进厨房，先把那巾煮一煮，再用煮巾水做菜——敢情那白巾是用鸡汁煨过的，每天的素菜等于都是鸡汤炖的，难怪老太太吃得香甜。这事被揭穿，厨师自然也得走路。只是不知道那位吃鸡汤觉得香的老太太，还是不是继续吃素呢？

《天龙八部》里有个类似剧情：虚竹一心吃素，阿紫偏要在他的素面汤里加鸡汤、下肥肉，虚竹吃了也承认香甜，发现真相后才痛苦。大概人的味觉骗不了自己：好吃的东西，就是好吃。

细想来，许多素斋点心，菜名都是诸如"素鱼翅""素脆鳝""素鲍鱼""素烧鹅"之类，以素为荤。当然，馆子里大可以拍胸脯，说绝不杀生，用料都是地道的素食材。但这事细想不太对：其一，大概连厨师也都默认，荤的确实比素的好吃——要不然，干嘛素斋要假装荤菜，叫作素鱼翅、素烧鹅，荤菜却不用假扮素菜，来个荤豆腐、荤菜心呢？二来，修佛修心，嘴上说着不杀生不吃肉，却心心念念着让素菜描摹出鱼翅、烧鹅之类的美味，感觉也不太对劲。

这道理也浅显，所以古代的和尚，怕也没那么多禁忌。《水浒传》里，鲁智深去五台山下，自称过路僧人，要吃狗肉，店家也许他吃了，没见那么多规矩。清朝更有位白沙惺庵居士，有一阕《望江南》，所谓："扬州好，法海寺中游，湖上虚堂开对岸，水边团塔映中流，留客烂猪头。"烂猪头就是猪头肉，炖烂了极美味。寺里拿来"留客"，看来做猪肉很有一手。

无锡著名的酱排骨，起源传说之一，道是济公和尚在南禅寺挂单时，用佛殿香火，慢煨猪肉，直到酥烂脱骨。济公和尚的传说当然是附会的，但和尚庙里吃猪肉，扬州和无锡都有类似传说，遥相呼应。

汪曾祺先生《受戒》里有一段，就挺真实：说几个和尚在自家庵庙里过得敞亮，吃肉不瞒人，年下也杀猪。比在家人不同的，就是多一道仪式：老和尚给猪念一道往生咒，然后一刀杀来吃了。

我觉得，这是一种相对自然真实的态度。虽曰杀生，但至少面对了本心。大概就这样吧：吃肉和吃素，各人有各人的追求，不用勉强。

真爱吃素，而且确实坚持吃素，那挺好。但如果非要整点儿崇祯吃的鹅味斋、睿王府老太太吃的鸡汤素，甚至各色素烧鹅、素鱼翅，明明不爱吃素，非要掩耳盗铃哄自己，感觉就太跟自己过不去了吧。

吃口肉，有多不容易？

一

　　《封神演义》中的纣王，也就是历史上的帝辛，大概是除了"尧舜禹汤"中的那位商汤之外，最知名的商代君主了。历史上说纣王穷奢极欲，事迹都变作了成语"酒池肉林"——大概，这也是古代普通人能想到的最奢侈的画面吧。

　　纣王不止爱吃肉，好像还爱拿肉做文章。《封神演义》故事里，纣王刁难后来当了周文王的西伯姬昌：将姬昌的儿子伯邑考做成了肉羹，逼文王吃。这事还真见于史书。《史记·殷本纪》注文所引《帝王世纪》里，纣王将伯邑考烹成肉羹，让文王吃，还说"圣人当不食其子羹"。看文王吃了，纣王很得意：谁说西伯是圣人？"食其子羹尚不知也！"

除了将人烹成肉羹，纣王另有折磨人的事。还是《史记·殷本纪》里提到，纣王曾经醢了九侯，脯了鄂侯。醢，是剁为肉酱；脯，是将肉切成条状后制成肉干。真吓人。但看了书都觉得，那会儿处理肉类的技巧，已经很丰富了。

商朝之后是周朝，周朝特别讲礼，在吃肉上也规矩分明。国君吃宴席，也得讲搭配：比如麦饭、肉羹、鸡羹得配合吃；米饭、狗肉羹和兔肉羹得一起吃。大概逢正式场合，国君都不好挑食。

煮猪、鱼和鳖，得在食材肚里塞蓼菜来去腥味。古代调味料有限，这也是一种方法。

调和细切的肉，所谓脍，春季用葱，秋季用芥子酱。这做法后来唐朝盛行，现代依然用。

调和猪肉，也就是豚肉，春季用韭菜，秋季用蓼菜；调理牛羊猪三牲，用煎茱萸，再加醋；其他肉类，调味则用梅子。大概三牲肉味厚重，醋比较解腻；其他肉类，用梅子的酸味就够了。

大夫日常吃饭，有脍就不能有脯，有脯就不能有脍……但古代也讲究敬老，百姓中六十岁以上的老人，非肉不饱，午饭晚饭应当见肉。后来天下纷乱，孟子还是要跟魏惠王说"七十者可以食肉矣"——老人需要蛋白质啊。

后来《左传》里，曹刿有名言"肉食者鄙"，倒不是宣扬素食主义，只因当时能吃到肉的，除了老人，也就是上流人士了。

瞧，那时候吃口肉，多不容易啊。

二

上古饮食的传奇，有所谓"八珍"，也就是八种烹饪方法。可算是当时处理肉类最精致复杂的方式。

八珍之一是"淳熬"，大致是：腌渍过的肉酱，加上动物油脂，覆在米饭上。用现代逻辑想，大概是腌肉酱盖浇饭。

八珍之二是"淳母"，是腌肉搭配黍米粉作的饼。似乎就是腌肉酱搭配黄米饼。

八珍之三是"炮豚"、之四是"炮牂"，都是"炮"：取来小猪或母羊，处理干净后，枣子塞进腹腔，芦苇编箔裹起，外涂一层搋草泥，放在火上烤，泥烤干后剥掉，去皮——到此为止，感觉像是现代的"叫花鸡"。但没完呢，再用稻米粉加水，敷在猪羊身上，放在小鼎中，用油来炸。最后用大锅烧水，将鼎置于锅中，烧个三天三夜。肉自然酥烂，吃时，再用醋和肉酱调味。想象其味道，大概酥烂脆香兼而有之。

八珍之五是"捣珍"：取嫩美的牛肉、羊肉、麋肉、鹿肉、獐肉，搅拌在一起，捶打去筋，煮熟出锅，去掉肉膜，吃时再用醋和肉酱调味——这个做法，让我想到另两道菜。一是《射雕英雄传》里，黄蓉给洪七公做了个混合肉条，起了好听的名字，叫"玉笛谁家听落梅"。二是在17世纪，荷兰人所谓的"黄金时代"，吃一种多味肉，也是各色肉堆一个罐里，加胡椒、啤酒（荷兰和比利时颇产啤酒）和盐，咕嘟咕嘟，炖到肉烂来吃。大概都是调味料不充裕的时代，如此求个口感繁杂吧。

八珍之六叫"渍珍"：取新鲜牛肉，切薄，切断肉的纹理，浸泡到美酒中，过十二天即成——仿佛是酒渍牛肉片。吃时用醋、肉酱和梅浆调味。

八珍之七是"熬珍"：捶捣牛肉，去筋膜，摊在箔上，撒桂屑姜末，再撒盐，用火烘烤到干，即可吃——大概类似于现代的烤牛肉糜。

八珍之八为"肝菅"：取狗肝，用肠脂将其包起来，再用肉酱拌和湿润，放在火上烤，等脂肪烤焦，肝也就熟了——法国人现在吃鹅肝，是利用鹅肝本身的脂肪来煎，原理有相似之处。

细看八珍，似乎是腌渍煎烤各色牲肉居多。大概上古烹饪手段与调味料，都不及今日丰富，腌渍工艺和大块牲肉煎烤，已经算高端烹饪方式了。因此上古饮食风貌，也还近于自然，颇为淳朴。古希腊描述公元前11世纪特洛伊之战的《荷马史诗》里头的希腊诸位祭神，也不过是杀牲切肉，浇酒串烤。

古希腊串烤很发达，我国也不落后，古代串烤，叫作"炙"。为《诗经》作注的毛亨，曾有所谓"将毛曰炮，加火曰燔，抗火曰炙"之说——炮就是裹泥来烧，类似于叫花鸡；燔是把牲肉搁火里；炙是在火上烤，大概也就是串烤了。

《韩非子》里有一个故事，恰好说得明白。晋文公时，宰臣奉上了炙——也就是烤肉——上面却绕了头发。文公召了宰人来责问。宰人很会说话，说自己有三条死罪：磨刀锋利，切肉时居然没切断头发；用木签刺穿肉，却居然没看见头发；炭火烧得赤红，肉都烤熟了，头发却都没烧掉——话说到这里，意思也就明白了，这头发是肉烤完后呈上时，另有人缠绕了上去，来陷害宰人，晋文公于是另外查案去了。按这宰人所描述，磨刀霍霍、木签串肉、炭火猛烤——这就是炙的流程了吧。

如上所述，细切的肉叫作脍。所以孔子说"脍不厌细"——吃脍，肉切得越细越好。脍与炙加起来，就是所谓"脍炙人口"的脍炙。鱼当然也可以炙。吴国名刺客专诸，就是趁着呈上鱼炙时，从鱼肚子里抽出暗藏的兵器来，刺杀了吴王僚。

三

东周时的楚国在南方，气候温暖，地域广阔，且有云梦泽，物产极大丰富。楚人吃起来，也很讲究。传闻为宋玉所撰的《招魂》，就描写了许多菜，其中的肉特别迷人："稻粢穱麦，挐黄粱些。大苦咸酸，辛甘行些。肥牛之腱，臑若芳些。和酸若苦，陈吴羹些。胹鳖炮羔，有柘浆些。鹄酸臇凫，煎鸿鸧些。露鸡臛蠵，厉而不爽些。"说来大概是：大米小米新麦掺黄粱，酸甜苦辣都用上，肥牛蹄筋炖得烂香，摆上酸味调和的吴国羹汤；清炖鳖与炮羊羔，蘸上甘蔗浆；醋天鹅肉煮野鸡，滚油煎的大雁小鸽，卤鸡搭配龟肉羹，味道浓烈但不伤人。这份华丽，也足够楚国人自豪的。

有些肉，烹制起来比较费工夫。楚国的楚成王，被自家太子商臣率人包围，对方逼他自杀。楚成王便请求说，让自己吃了熊掌再死，以求拖延时间。商臣不听，于是楚成王只好自尽。这事在楚国是改朝换代的惨事，却也算告诉我们：春秋时，楚国贵族不但吃惯熊掌，而且对熊掌的烹饪工艺很清楚，知道烹熊掌时间长。

到秦汉时，吃肉的套路更加完备。那时已习惯以牛羊猪为三牲。祭祀时，三牲齐全，就是太牢，只有猪羊，叫作少牢。

吃不吃得到肉，很影响人的心情。楚汉之际，刘邦麾下谋士陈平，年少时在家乡祭祀土地神的仪式上主持分配祭肉，分得很均匀，被乡老称许。陈平感叹说，自己将来宰割天下，也会如此吗？可见当时民间祭祀，也要吃肉。

后来，陈平向刘邦献计离间项羽与其谋士范增的感情，如此哄骗项羽派来的使者。先热烈欢迎："您是范增派来的使者吧？请享用猪牛羊俱全的最高规格大餐！"一转脸："哦，你不是范增派来的使者，是项王派来的？赶紧把大餐撤了！"使者没吃好，怒从心头起，恶向胆边生，气鼓鼓地回去跟项羽告状。项羽自然怀疑了：刘邦对我和范增的态度差异这么大，招待使者都不是同一个待遇，是不是有啥猫腻？——终于，项羽气走了范增，失去了心腹谋士。

多一口肉少一口肉，竟然对天下大势也会有所影响。

四

太牢里虽有牛，但古代吃牛肉其实不多，毕竟牛可以用来耕作。《礼记·王制》中规定："诸侯无故不杀牛，大夫无故不杀羊，士无故不杀犬、豕，庶人无故不食珍。"于是，当时能吃牛肉的情况，除了祭祀，似乎多跟军事有关。比如，春秋时，郑国商人弦高曾用十二头牛去犒劳秦国军队；战国时，赵将李牧善待边境士兵，杀牛让他们吃肉；西汉时，云中太守魏尚为团结手下打击匈奴，很有规律地"五日一椎牛"。定期有牛肉这样的奢侈品吃下肚，边塞军士才有胆气吧。

既然牛不能随便吃，那就吃羊？《史记》和《汉书》里都提到，刘邦的好哥们卢绾跟刘邦同一天出生。刘卢两家关系本来就好，见两家如此凑巧同一天生了孩子，于是邻里带了羊和酒来庆贺。后来，刘邦、卢绾关系也很好，邻里觉得两家代代相亲，真好，又以羊和酒来贺。那会儿他们自然不会知道，卢绾将来随刘邦起事，要辗转封到燕王。后来卢绾还会远避塞外，吃塞外的羊肉，比刘邦晚一年过世。

羊肉里，羔羊地位又高些。《诗经》中说："朋酒斯飨，曰杀羔羊。"

中国养殖猪羊极早，孟子游说魏惠王时，说"鸡豚狗彘之畜，无失其时，七十者可以食肉矣"。好好饲养，七十岁老人就能有肉吃啦。这里彘就是猪，豚是小猪。关于彘最有名的故事，大概是著名的鸿门宴。刘邦在项羽的宴席上身陷危机，麾下大将兼连襟樊哙一头撞进去。项羽英雄惜英雄，令樊哙喝酒，吃生彘肩——也就是大块猪腿。樊哙将猪腿搁在盾上切了吃，项羽赞叹"壮哉"。

樊哙很熟悉肉。他随刘邦起事前，是个狗屠。孟子提到肉时也说了"鸡豚狗彘"，秦汉时这都算肉类来源。古代蛋白质稀缺时，狗也是可以吃的。而且，狗屠这行当似乎颇多人才，战国时名刺客聂政是屠狗的，"仗义每多屠狗辈"这句话，真不是瞎说。

在当时，狗和猪作为肉食来源，狗肉地位似乎高些。早先，越王勾践卧薪尝胆想灭吴国时，指望越国多些人口——毕竟在古代，人口就是国力——于是规定：生男孩，奖励二壶酒，一条狗；生女子，奖励二壶酒，一只小猪。

到南北朝，吃肉已经有了花样。牛马驴骡已成了家用牲畜，羊猪鸡鹅鸭等更多作为肉食来源。按照《齐民要术》的说法，当时烤小乳猪，已经能到"色同琥珀，又类真金，入口则消"的地步。烤肉，也细分为烤腿肉、烤脯肉、烤牛羊猪肝、烤灌肠等做法。

脯腊的制作，也已有了新心得。南北朝时有五味脯，是把牛羊獐鹿野猪家猪肉切成条或片，煮熟，用香美豉调味，细切葱白、椒姜、橘皮等来浸泡，再阴干。联想起古代八珍里的"捣珍"，也是多种肉在一起烹出来的，真有点"旧时王谢堂前燕，飞入寻常百姓家"的意思。

五

到了隋唐，许多塞外与西域的饮食习惯便也引入进来。本来，先前西晋已经流行过了外来的"羌煮"与"貊炙"——前者是水煮鹿头，后者是烤全羊，到唐时，中原与西域来往密切，西域的饮食更流行了。

李白的诗里很热闹，"烹牛宰羊且为乐，会须一饮三百杯"，但这未必是真的。因为那时，牛还是不能随便宰。唐朝开国不久，天下初定，唐太宗规定朝廷官员到地方不能吃肉，免得打扰下面。名臣马周下去地方，被招待吃鸡肉，遭到举报。唐太宗为护马周，当即表示：我禁御史食肉，是担心州县费用大，吃鸡怎么啦？鸡都不能算肉。行，这事就算过去了。

有段时期，武则天规定，不只是牛，别的动物也不让宰。宰相娄师德下去巡查，宴席当中，端上来一盆羊肉。下面官吏解释：羊不是我们杀的，是豺狗咬死的，既没杀羊，便不算犯禁。接着端上来的是一盆鱼，下面解释：这鱼也是豺狗咬死的。娄师德是个修养极高的人，"唾面自干"这成语就打他身上来的，他也曾推荐了狄仁杰却毫不居功。他本来很沉得住气，但看下面这么忽悠，也忍不住了：真是骗人都不会骗，你好歹说这鱼是水獭咬死的呀！

后来，左拾遗张德得了个男孩，欢天喜地，私宰一只羊来宴请宾客。宾客中有个小人叫杜肃，吃了羊肉，却偷偷将张德告了。次日，武则天对张德道贺：生儿子啦，好哇！——羊肉从哪儿来的呢？张德吓得魂不附体，但武则天接着道：我禁止私宰，是好是坏也难说。但你请客人，可得看准了。随即当场抖出杜肃的状文来。这事细想大快人心，杜肃的小人嘴脸从此暴露。武则天自知禁屠不太得人心，所以也没把张德的违规行为当回事。如此看来，当时的禁屠，也和吃鸡肉一样，禁，但没禁死，意思意思得了。

这两件事一就和，还能得出另一个结论：唐朝人，还是爱吃羊肉啊。

唐朝人吃羊肉，生熟都有。生则吃羊肉脍，切薄用胡椒调味。反正西域与大唐来往密切，不缺胡椒。复杂的是所谓"浑羊殁忽"，按《太平广记》的说法：鹅洗净去内脏，将用五味调和的肉丁糯米饭装入鹅腔；再处理好一只羊，将鹅装进羊腹，烤全羊；羊烤熟了，开了肚子取出鹅来，只吃其中的鹅。

这过程复杂又奢华，普通人家想都不敢想。因为按《卢氏杂说》，别说这羊，连子鹅都值二三千钱。周星驰电影《食神》开头有个乾坤烧鹅，是将禾花雀塞进烧鹅肚里烤熟，也是这种做法。

除了羊肉，唐朝还有别的美食。诗僧寒山写好吃的，曰："蒸豚揾蒜酱，炙鸭点椒盐。去骨鲜鱼脍，兼皮熟肉脸。"蘸蒜泥的熟猪肉，蘸椒盐的烤鸭，新鲜去骨生鱼脍，带皮的羊脸肉。这几样我看着文字都馋。

羊当然不一定空口吃。按李德裕《次柳氏旧闻》的说法，某天唐玄宗吃烤羊腿，让太子李亨负责割肉。李亨一边割，一边用饼擦刀上的羊油，玄宗看着有些不快，大概心想："怎么拿饼当抹布？浪费！"回头，太子把沾了羊油的饼慢慢吃了，玄宗很高兴，夸太子："福气就是该这么爱惜！"

六

到了宋朝，羊肉还是如唐朝一样受欢迎。按《清波杂志》说，当时，宋朝宫廷里"饮食不贵异味，御厨止用羊肉"。宋朝跟羊肉有关的故事很多。宋仁宗有天晨起，对近臣说，昨晚睡不着，饿，想吃烧羊。宋时谓烧羊，就是烤羊了。近臣问，何不降旨索取啊？仁宗说：听说宫里每次有要求，下头就会准备，当作份例。怕吃了这一次，以后御厨每晚都杀只羊，预备着我要吃。时候一长，杀羊太多啦，这就是忍不了一晚饿，开了无穷杀戒。

宋仁宗还真当得起这个"仁"字，不仅考虑人，连羊都保护起来了。

然而，宋朝皇帝跟羊搭关系，是太祖赵匡胤那时就有的。吴越王钱俶入朝，来见太祖赵匡胤，太祖对钱俶的态度不像对南唐那么狰狞，让御厨做道南方菜肴招待。御厨遂端出来一道"旋鲊"。旋鲊是用羊肉做成肉醢，可以想见刀工火工，都要求不低。

南宋时，羊肉依然流行。按《武林旧事》，宋高宗到大将张俊府上做客，张俊请天子吃"羊舌签"，宋朝的"签"，就是羹。羊舌羹，想来羊舌一定又韧又脆，只是费材料，寻常人吃不起。《旸谷漫录》则说，都城临安有位厨娘，制羊手艺高，架子也大。某知府请她烹羊，得"回轿接取"，接个厨娘来做饭，简直像娶个新夫人。厨娘极难伺候——她做五份"羊头签"，张嘴就要十个羊头，刮了羊脸肉，就把羊头扔了；要五斤葱，只取条心中之似韭黄者，以淡酒和肉酱腌制。众人看不过，觉得浪费，拣起她扔掉的羊头放好，立刻被她嘲笑："真狗子也。"如此奢侈靡费的一顿，好吃是好吃，"馨香脆美，济楚细腻"，但知府都觉得支撑不了。请个厨娘做羊，花钱不说，还要被嘲笑，何苦来？没俩月就找个理由，请她回去了。

吃不起羊肉的人呢？老样子：吃猪肉。苏轼说黄州猪肉价格便宜，贵人不肯吃，贫者不解煮。但当时民间吃猪不少。《东京梦华录》说，开封城外，每日至晚，要进来"每群万数"的猪，供首都人民吃掉。南宋时，临安肉铺更是堂而皇之地悬挂成边猪，气势很大。所以，宋朝的屠夫，是个专门的行当了。《水浒传》里的郑屠都能自称"镇关西"，成为当地一霸。鲁达三拳打死镇关西前，曾经刁难他：先要瘦肉做臊子，镇关西以为是要包馄饨；鲁达又要肥肉臊子，镇关西就不知道要做什么；临了要寸金软骨切成臊子，就纯是刁难了。这里的细节很明白：当时北方也流行吃馄饨，用肉馅儿，臊子也是市场有售的。鲁提辖和郑大官人撕破了脸皮，嗖一声兜脸把臊子拍人脸上。老郑不乐意，去掏刀子，终于自寻死路。咱们却得为老郑喝句彩，因为当时鲁达把两包臊子劈面打过去，"下了一阵的肉雨"，说明老郑刀工真好。

那时，除了羊肉猪肉，别的肉也琳琅满目。在开封，鸡鸭鹅兔等都吃得到。光是兔肉，就有炒兔和葱泼兔等花色。至于其他肉类，我们又得来翻《水浒传》了——虞云国先生认为《水浒》大致描述了宋元时期的民俗。

宋时依然对耕牛保护得紧，私自宰牛，算是犯法，所以一般城市居民，不太吃得到牛肉。《水浒传》城市里没啥牛肉，但乡下有。比如王进母子出奔，到史进家庄上，安排下饭：四样菜蔬，一盘牛肉，又劝了五七杯酒后，搬出饭来。

鲁智深大闹五台山，第二次闹事是喝酒吃狗肉。好玩的是酒店店家的反应：先问鲁智深是否五台山上的，若是，不敢卖酒给他吃；若不是，喝酒吃肉也无妨。说明当时民间行脚和尚，也没啥清规戒律。鲁智深当时猛闻得一阵肉香，看砂锅里煮着一只狗，喜出望外。店家把狗肉捣些蒜泥来给鲁智深吃。店家还说以为他是和尚，不吃狗肉，可见当时狗肉的确算偏民间的土法肉类了。

后来鲁智深去桃花庄刘太公处借宿，也是一盘牛肉，三四样菜蔬，一壶酒，与当时王进母子待遇相同。等鲁智深要为刘太公出头时，刘太公连忙取一只熟鹅请他吃。可见当时熟鹅也是家常吃得到的。

林冲被发配去沧州，柴进喜爱他，吩咐杀羊相待，羊肉果然级别最高。

"林教头风雪山神庙"，千古名篇。林冲在沧州草料场这偏远地方，冒雪买了牛肉、冷酒，到山神庙，喝着冷酒，"就将怀中牛肉下酒"。后来舞台转到山东郓城县，吴用要哄三阮入伙，到水亭里吃饭。店小二先上四盘菜蔬——可见当时哪怕是小店，四盘菜蔬也算是定例了——还说"新宰得一头黄牛，花糕也相似好肥肉"。"花糕也相似好肥肉"，煮得烂熟，吃来一定是爽快之极。

武松去景阳冈前吃"三碗不过冈"，那店太小，菜蔬不多，但牛肉倒管够。

大概宋朝，上等人吃羊肉，老百姓吃猪肉，乡野间吃牛肉狗肉。奢华一点的，吃熟鹅。

七

到明朝，吃肉方法更细化了。阮葵生《茶余客话》说，朱元璋爱吃一道"一了百当"，是把猪羊牛肉连同虾米切馅，加马芹、茴香、川椒等，再加麦酱炒熟。这玩意有点像是古代八珍之中的"捣珍"，但再细想，也就是个多味肉酱。

程嗣章《明宫词》里说，崇祯皇帝与皇后每月持十斋，于是御膳房将鹅褪毛收拾干净，将蔬菜搁在鹅肚中，煮一沸取出，酒洗净，再用麻油烹煮罢来吃。本来吃斋是为了不杀生，然而这种吃法，鹅必大不满意，不过其精细巧妙，却真令人佩服。

《酌中志》里说，明朝宫廷每年十月，开始吃羊肉、羊肚、麻辣兔等；十一月，糟腌猪蹄尾、鹅脆掌，那是预备过冬的荤菜；十二月初一日起，家家买猪腌肉，这个月吃的，就是很老北京的吃食了：灌肠、油渣卤煮猪头、烩羊头、爆羊肚、炸铁脚小雀加鸡子、酒糟蚶、糟蟹、炸银鱼、醋熘鲜鲫鱼鲤鱼——虽然相隔数百年，好像和今时今日也差不多呢。

清朝，比如山东地区，吃肉已经有类似于现在的技法。马益著曾有一篇《庄农日用杂字》，描述乡农日用，非常精彩，不妨看作当日民间的饮食记录：冬天吃肥羊肉喝烧黄酒，取暖；狗肉是常用肉，牛肉蘸醋与盐好吃；对虾和蟹子算水产里贵的，但也有乡民买来吃；金华火腿搭配肘子，这做法当时也流行了；小猪小羊羔适合烧烤，用刀子片来切了，蘸酱油吃。

同是山东人，清朝蒲松龄写过一个《日用俗字》，可以当作那时节的厨艺指南。大概当时山东人吃筵席，已经要讲究五味周全。比如吃猪肉的讲究——猪肘得烂烧加醋酱，猪头猪蹄要镊毛、刷干净再开始烹饪；猪肚该加姜，猪肺该加椒，白肠得横切，猪肝要竖切；肥膘成块，瘦肉要剁成丸子。

真是精细啊！

那时的北京，上等人还是吃羊肉为主，猪肉次之，再便是鱼。时令上来说，八九月间，正阳楼的烤羊肉是京城人民的挚爱。火盆里燃上炭，罩上铁丝，肉切成如纸薄片，烤得香味四溢。食肉还讲姿势：一脚站地上，一脚踩着小木几，拿筷子吃肉，旁边摆上酒，且烤且吃且喝，快活得很。

宫廷里其实也爱吃猪肉。据说，慈禧晚年爱吃"炸响铃"，就是炸猪皮。正经的炸响铃炸的是烤乳猪的皮，把烤乳猪的皮回锅再炸一遍，炸脆了，蘸着花椒盐吃。想着是不错，像猪肉皮、蹄筋、鸡脚爪、猪脚，吃的都是那点胶质，还给你把这点胶质烤好再炸过，多脆口啊。当然，这并不意味着普通人吃肉容易。

八

齐如山先生考证过华北民食，在《华北民食考》中描述干饭、馒头、花卷、银丝卷、千层卷、窝窝头、糍糕、枣糕、蜂糕、扒糕、黏糕、包子、团子、烫面饺、烧卖、散蒸糕、稀饭、粥、白粥、菜粥、糜糊、茶汤、面茶、嘎嘎、面条、面片、棉花籽、面疙瘩、和落、饺子、馄饨、元宵、熬菜、冷淘、烙饼、烙合子、烙馅饼、火烧、烧饼、锅饼、锅炸、锅贴、褡裢火烧、镤饼、煎饼、贴饼子、贴卷子、炉糕——没几个人比他更熟悉民间饮食了吧。对于肉，他说过一段大实话。他说，千余年来，北方的民食，可以说是没什么大变动，总是在杂粮米面中想法子，菜蔬次之，肉类则极少见。

因为肉类难得，所以民间要切片、切丁、切丝、切末，以便配合菜蔬，及变换烹饪法——某种宜于切片或切丝、某种宜于烩或烹、某种宜于慢成或速成，种种变化，越来越多。而这种种变化，是因为"肉类是人类最喜欢吃的，不能足吃，便要想法子解馋"。

历数千年吃肉史，你想必也已发现：如今的时代，吃肉似乎已不是大事，历史上，普通人能吃肉，尤其大块吃肉的日子，却真是难得。

《水浒传》里阮小二、阮小五、阮小七豁出性命跟着晁盖等人劫生辰纲，其朴素的理想，也不过是"大碗喝酒，大块吃肉"罢了。

人类历史上绝大多数时候，肉类都如此珍贵，普通人也没有挑选的余地。延续至今的绝大多数民族，都是但有便吃，一路吃下来的。吃口肉，那是真的不容易。

吃　辣

　　我国上古时代，没辣椒吃，这玩意原产在西半球。得等哥伦布发现了新大陆，辣椒带回了欧洲，然后才四海传播。当时西班牙人鉴定，"五枚辣椒辣度约等于二十枚胡椒"。

　　《水浒传》里，宋江吃所谓"加辣点红白鱼汤"，不知道这个辣是什么，因为按时间，那会儿还没有辣椒。

　　《红楼梦》里，老太太噱称王熙凤是凤辣子泼皮货。这既是说她性格辣，也显出那时代，"辣"这个字，代表着一种民间市井气息。

　　《红楼梦》《儒林外史》写吃都很拿手，但从头到尾，没提过吃辣。

　　袁枚的《随园食单》里，只说了一处辣，吃羊肉时：

"如吃辣，用小胡椒十二颗、葱花十二段；如吃酸，用好米醋一杯。"——大概对袁枚这种江南人而言，胡椒加葱花，就算是辣了。

明清时的才子，吃得都清鲜。岂止不太碰辣椒，连葱蒜都挑剔。感慨"江山代有才人出，各领风骚数百年"的赵翼，不肯吃葱蒜，甚至说吃葱蒜的人出汗都臭。

大才子李渔则认为，葱蒜韭菜，气味太重。蒜他是绝对不吃的，葱可以做调料，韭菜只吃嫩的。萝卜也有气味，但煮了之后吃，也能将就。

这么一比，袁枚还肯在吃羊肉时搭配点胡椒、葱花，已经算不挑食的了。但那时的饮食文化话语权，恰好在这些人手里。

明代小说《金瓶梅》，西门庆的老婆们肯吃姜、蒜、猪头肉，但也没吃过辣椒。倒是有口头禅，所谓"羊角葱靠南墙——越发老辣"，与袁枚一个逻辑：葱都能算辣的了！大概，辣椒是到了近代，才慢慢从民间饮食中开始普及的。

齐如山先生曾写过华北的民间吃食，论到"嘎嘎"这个东西时，这么说："玉米面，加水和好，摊成片，切为见方不到一寸的小块，再用簸箕摇为球，入沸煮熟，加香油、葱末、盐便足，再好则加大黄豆芽、菠菜、白菜丝等等，再讲究则先在锅内放油（羊尾巴油最好），加酱炸熟，或加些辣椒。乡间食此，都是白水一煮，加些蔬菜，城镇中则都要煸锅，加辣椒及酱等，口味较为浓香。这确是寒苦人的食品，乡间食此，嘎嘎就等于饽饽，连吃带喝，比喝粥就好吃多了。"说明嘎嘎是寒苦人的食物，调味是加酱或辣椒。可见在清末民初，辣的确是平民口味。

最熟悉北京平民饮食的老舍先生，在《骆驼祥子》里，也提了一句辣椒。

祥子被捉了壮丁，逃回北平城，到桥头吃老豆腐。那段描写极精彩：醋，酱油，花椒油，韭菜末，被热的雪白的豆腐一烫，发出点顶香美的味儿，香得使祥子要闭住气；捧着碗，看着那深绿的韭菜末儿，他的手不住的哆嗦。吃了一口，豆腐把身里烫开一条路；他自己下手又加了两小勺辣椒油。一碗吃完，他的汗已湿透了裤腰。半闭着眼，把碗递出去："再来一碗。"

这一碗老豆腐，活色生香。食材也不算高级，但韭菜末、辣椒油、花椒油，搭配滚烫的豆腐，很平民，很老北京，就能把祥子救活了。

大概那会儿，祥子这样的车夫能消费得起、也喜欢的调味品，就是辣椒油、花椒油和韭菜末。须知祥子是个吃烧饼卷羊肉就算大餐的车夫，喝茶都不舍得放糖。那么他吃的辣椒油，是地道平民口味无疑了。

差不多同一个时期，鲁迅先生写了《在酒楼上》。"我"去S城酒楼点菜，曰："一斤绍酒。——菜？十个油豆腐，辣酱要多！"

酒菜上来，"我"尝了味道，认为："酒味很纯正；油豆腐也煮得十分好；可惜辣酱太淡薄，本来S城人是不懂得吃辣的。"

鲁迅先生口味重，爱吃辣，妙在他在小说里顺便说S城人不懂吃辣。大概，的确，在20世纪初那些年，南方城市的酒楼里，还不太会用辣来调味。

再晚一点，湖南人沈从文先生也很懂吃辣。

他笔下小说《边城》里的人，唱歌、抽烟、饮酒，吃得很是质朴爽快。小饭店有煎得焦黄的鲤鱼豆腐，鱼身上装饰了红辣椒丝，卧在浅口钵头里。小说里追求翠翠的两个青年，虽家境不错，却也做事扎实，被他们的爸爸派去锻炼，吃的是干鱼、辣子、臭酸菜，睡硬邦邦的舱板。

沈从文先生自己在散文里，也写到过辣。他说逃课了之后，学校以外有戏看，有澡洗，有鱼可以钓，有船可以划。若是不怕腿痛，还可以到十里八里以外去赶场，有狗肉可以饱吃。

他也存着心，想用上早学得来的点心钱，到卖猪血豆腐摊子旁，去吃猪血豆腐——猪血及各色猪下水，那时候不登大雅之堂，却是民间百姓的爱物。

他认为顶好吃的，是烂贱碰香的炖牛肉——用这牛肉蘸盐水辣子，同米粉一块吃。这吃法很湖南，很乡土，很直爽。突出的一是烂（酥烂的烂，需要在锅里炖得久），二是贱，便宜。蘸盐水辣子，说明没什么复杂调味，很朴实。

大概，辣椒就是那个时代，平民最基础的调味——没复杂调味了，盐水辣子也行，也好吃。反过来，张爱玲的小说里那些上海太太们，好像不太吃辣椒。

钱锺书先生的《围城》里，一群归国精英、大学教授，吃的东西里，只有一处说到辣椒：那是他们在西行的路上，去了一家暗不见日、漏雨透风的客店，店周围有浓烈的尿屎气，店主当街炒菜，辣椒熏得大家打喷嚏——这里，辣味的平民感，凸显得更厉害了。

　　大概可以得出结论了吧，从辣椒传入我国，到20世纪上半叶，辣椒基本上是平民调味品。之后呢?《中国食辣史》的作者曹雨先生，记录了自己外祖母的说法。为什么现在城里人，吃辣越来越多了呢? 他的外祖母说:"就是乡下人进城多了，饮食才变得辣了。"这句话有些粗率简略，但很有几分道理。我觉得，辣味的铺开，是个平民口味全面逆袭的故事。

　　清末民初，现代川菜兴起，一个重要特色，是所谓"尚辛香"的各色食物出现。这些辛香辣，最初面向的对象，当然是普通百姓。

　　同治年间，成都北门外万福桥南岸陈家老店，当家的阿姨用清油、牛肉、豆豉加辣椒面，做出了一碗豆腐，用自己的绰号命名为"麻婆豆腐"。据说，做得格外麻、辣、烫、酥、嫩，是为了让过往的脚夫多买几碗饭吃。

　　20世纪30年代，成都皇城坝上的小吃，牛脑壳皮和牛杂碎，煮熟切薄，加卤汁、花椒、辣子油红拌，就是如今的夫妻肺片。

　　川菜的发展，不同于广州、天津和上海那类靠商务繁荣来拉动的菜品，也不像由于家厨与官府菜的兴盛而带动的淮扬菜，现代川渝菜的发展有一个自下而上的过程。

清末民初的成都，餐馆酒楼、小商小贩杂处，这格局一直未变。

如果您在川渝地区待过，一定能注意到，高档馆子和苍蝇馆子一样都挺接地气，兼容并包。上等馆子里也有民间菜，有点钱的市民也不假作斯文，这不吃那不吃，只要好吃，什么都行。这份兼容并包，有利于辣味的逆袭。

辣椒的力量当然强大，但以前，在有些讲排场的地方，上流社会怕还是要讲他们那套排场。但在川渝，因为饮食文化上下贯通，所以发展起来了。

现代川菜，麻、辣、甜、咸、酸、苦之外，再复合出咸鲜、麻辣、糊辣、鱼香、姜汁、酸辣、糖醋、荔枝、甜香、椒盐、怪味、蒜泥、家常、陈皮、五香、烟香、香糟、鲜苦等各种味道。全民"尚辛香"，对味道的追求自然上下打通。

市井菜、中馈菜与官府菜浑融，慢慢地各阶层都接受甚至热爱平民口味的辛香，终于全民吃辣。这是一场平民的逆袭。

从20世纪80年代之后，交通便利带来人口流动，平民口味随之铺开，全国各地都慢慢经历了川菜的"商业发达→人

相比起其他形式的聚餐，吃火锅和川菜是一种更热闹的社交方式，令人神往。

口流动→全民饮食"的发展历程。

在我父亲那会儿，怕得出差才能遇到川渝人士，但现在，大学生或上班族，身边怎么都能遇到几个"我们那里就吃这么辣"的同学、同事。大家都习惯吃辣，爱上了吃辣，越来越多的人无辣不欢。

21世纪初我去上海上大学，九年后离开上海，附近街上的川菜馆子已经从四家变成八家。大概，民间味道的逆袭就是这样的吧。

除了辛香本身平民却带有感染力的美好，还可能有其他隐含的原因。比如社交。相比起其他形式的聚餐，火锅和川菜是一种更热闹的社交方式。面对面吃得大汗淋漓，是极好的感情增进方式。辛香味十足的辣菜，更平民，也更容易带出"大家是自己人，吃个热闹吃个痛快"的氛围。社交的需求，也带动了食辣的风气。

2018年世界杯期间，某网站数据显示，宵夜排在前三位的是烤羊肉串、香辣鸡腿堡和香辣鸡翅。本来，宵夜就是"吃个味儿"的居多。所以越到夜间，大家越想吃重口味的。"外卖→宵夜→重口味零食"的一条龙发展，让吃辣成了更全民、更日常的选择。

　　日本人做过一个调查，经济好时，人会喜欢吃辣；经济不那么好时，人会喜欢吃甜。大概，喜欢辣，是一种向上的姿态吧。想想，辣味之所以被大家爱好，就是伴随着人口流动、热情社交、崇尚刺激的大时代，一路逆袭上来的。

　　我有位长辈略古板，曾跟我念叨：现在什么食材靠辣味一遮，就能吃了，辣菜都是平民菜……我跟他说：哪怕不算麻辣、糊辣、酸辣诸般调味，就说辣味，如果能让平民百姓都吃得起的普通食材变得美味，让大家可以吃得逸兴遄飞，那有什么不好的呢？

吃碎肉

整块的肉当然好，但碎肉也有碎肉的味道。

老舍先生《茶馆》里，茶馆除了卖茶，还卖烂肉面。老舍先生注曰：大茶馆特殊的食品，价钱便宜，作起来快当。

我看老北京掌故，说烂肉面的做法是用各色肉，炖烂，勾芡，杂合面。为何炖烂？只因肉的来源千奇百怪，不知道是驴马牛猪哪个部位，索性炖烂，加上浓芡。吃客也不管来历，但吃便罢。

这种做法，倒也不独老北京有。《冰与火之歌》里，君临跳蚤窝小店里，有一种供给贫民的大锅浓汤，也就是所谓褐汤，材料包括但不限于大麦、胡萝卜、洋葱、芜菁，以及能找到的鱼、鸽子甚至老鼠肉。许多顾客也不去细想里头是什么，炖碎了炖烂了，眼不见为净吧！

物质不充裕时，碎肉是平民的好朋友。妙在这杂碎肉，还真有人吃出名堂。17世纪，荷兰是欧洲最富裕的国家，有接近现代的城市布局和公共服务，银行、保险、贸易非常发达。但荷兰人不怎么吃得上肉。他们不缺牛，但得留着产奶酪；他们不缺鸡，但得留着产蛋。普通荷兰人一周吃一次肉，还是腌过的。有种菜，姑且叫多味肉糜——就是牛肉、鸡肉、鹿肉、兔肉等各种肉切块，搁一罐里，加点儿肉豆蔻，咕嘟咕嘟地煮熟了吃。听着很怪异，但这还是过圣诞才能吃的呢。

碎肉在工业时代的利用典范，大概是日本牛肉饭。1853年之后，日本人才开始大吃牛肉。正经吃法当然是吃牛排，或者吃寿喜烧，但日本大美食家北大路鲁山人厌恨寿喜烧，认为肉切得如此之薄，已无肉味可言，没意思。他自己琢磨出的寿喜烧是：肉片切厚，不加太浓郁的甜味，要体现出牛肉本身的味道来。

然而并非每个普通人都吃得起油脂分布如霜、入口即化的牛排，或是厚切的寿喜烧，于是烹制各色碎肉，搭配洋葱和米饭的牛肉饭，在日本大行其道。关东大地震后，牛肉饭一度作为方便救急的食品横行日本，从此开始了牛肉饭时代。传说"牛丼"这个词，是吉野家创始人松田荣吉发明的，当时还流行牛肉寿喜锅配饭。后来大家求快捷方便，煮好的牛肉扣饭上就得啦！——味道还浓郁呢。

当然，在工业时代之前，我们也有自己做碎肉的方式。比如鲁达吩咐镇关西切肉，要细细切做臊子。肉臊子盖浇饭古已有之，八珍里有所谓"淳熬"的方法，便是熬煮肉酱浇米饭吃。后来还有了古怪的分支，台湾人有卤肉饭和鲁肉饭，我曾以为是他们写了错别字，后来才知道，卤肉饭是卤五花肉盖饭，饭上是肉块；鲁肉饭是卤肉碎扣在饭上，又叫肉臊饭。

臊子容易入味，所以另有妙用。传说以前四川担担面是这么卖的：货郎挑着担子，一头搁着锅，一头备着汤、佐料、面和肉臊子。哪家太太们打麻将到后半夜，饿了，出门叫一声。货郎当场煮罢面，下肉臊子和佐料，热腾腾端进去。

碎肉也有直接生吃的，比如鞑靼牛肉，就是生牛肉或生马肉，或者两者都有，剁碎，搭配盐、胡椒、辣酱，地中海沿岸则会加洋葱末、酸黄瓜、蒜末和橄榄油，当然，一定要加新蛋黄。一种说法是，鞑靼牛肉传入德国，德国人瞪眼不认，觉得肉哪能生吃，非要煎熟了吃——汉堡肉就这么产生了。

当然，这说法也未必靠谱，只是汉堡肉由工业发展的碎肉攒就，发展壮大，横行世界，该是真的。碎肉在世界各地食谱里，都有应用。

在日本，鸡肉、猪肉等碎绞肉搭配面包粉和洋葱，做成汉堡排；在美国，碎肉攒成肉饼，烤了，炸了，用来做汉堡包；在意大利，则是碎绞肉加入了各色面，于是肉酱意面流行世界；在希腊，则是碎肉和茄子一就和，成了著名的穆萨卡。

话说，当日曾有位大夫姓索尔兹伯里，热情推荐，夸说肉千好万好，完美无缺，还可以治疗消化系统疾病。他从自己琢磨的营养学角度，认为吃肉也得细分：应该放弃筋肉脂肪和软骨，只吃瘦肉。现在回头看，我觉得这位大夫的观点似乎有点问题：入口即化的脂肪，熬烂后柔韧适口的筋与软骨，他都不要，只吃瘦肉，吃肉的乐趣大大打折。但后世倒是以这位大夫为名，创生了所谓索尔兹伯里牛排——其实还是碎肉攒就。最好玩的是，索大夫认为，人只该吃纯粹瘦肉，可是索尔兹伯里牛排却极不纯粹，一般工业要求这玩意肉类含量不得低于65%——大概其他35%可以都不是肉；而且，猪肉最多可以到25%——意思是猪牛肉可以混搭。

索大夫如果泉下有知，一定不满意：我可是个瘦肉爱好者，就这么拿我的名字命名这混搭肉？不过，美国人现在吃这玩意，吃得很开心。

希腊史诗《伊利亚特》里就有烤肉祭神的记载，烤肉的历史悠久自不待言。现在希腊人吃烤肉，也很有办法：

烤souvlaki，那就是指一般的烤串，搭配皮塔面包；烤gyros，就是旋转烤肉了：碎肉片腌好，旋转着慢慢烤，烤肉人一刀一刀，把肉柱最外层的切下来。这样的烤肉薄而入味，也不错；希腊的所谓kebab则是各色碎肉加香料，揉成一个香肠模样的东西，只是不加肠衣，烤了来吃。这玩意吃着，已经有点像细长形的肉丸子了。

说到丸子，那也是碎肉再利用的好主意。中世纪时，法国普罗旺斯的农民便懂得收集剩肉，加上面包屑和剩调料，废物利用，揉成丸子，或煎或炸来吃。后来技术逐渐进步，比如丸子里该加什么奶酪，肉应该如何切割，各有了一番套路。北魏贾思勰《齐民要术·炙法》中引《食经》，已经说了个丸子做法，很端庄。

羊肉十斤、猪肉十斤，切丝；生姜三升、橘皮五叶、腌瓜二升、葱白五升，捣烂，捏成肉丸，烤；然后煮。——这就成啦！

评书《兴唐传》里，程咬金描述过一个炸丸子三吃：汁儿单拿着，要杓里拍、锅里扁，为的是炸得透，热乎点儿；搭配老虎酱、花椒盐，另外带汁儿！这就叫炸丸子三吃——说白了就是配三种蘸料来吃，应该也是劳动人民的生活经验。

无锡特产油面筋，许多人都吃过。球形，中空，香脆酥糯。其他地方多用来炒青菜、烫火锅，无锡人别有一种吃法，也就是所谓肉酿油面筋。做法是把猪肉剁成肉糜，塞进面筋里，用无锡民间的浓油赤酱焖透。吃时，面筋酥软，肉圆浓香，既不费牙，又保留肉的颗粒口感，下饭绝佳。

2017年，我妈闲不住，在小区里给农民工子弟小学生上辅导课。其中有一对兄弟，大的三年级，小的一年级，父母都是山东来到无锡打工的菜农，收入不低，只是忙。过年期间，大家都得囤积年货。那对父母奔走不息，无暇给孩子安排年夜饭。我妈便自告奋勇："到我家去吧！"

于是，2017年年夜饭，是我、我父母，以及那两个山东孩子在一起吃的。两个孩子穿了新衣，拾掇得整整齐齐，但坐上桌还有些怯生生。我妈给他们舀鸡汤，夹藕丝毛豆，让他们吃糟鹅，又每碗放了一个肉酿油面筋。"喜欢吃的自己夹!"

两个孩子，小的那个口才比哥哥好，开始说哥哥前几天考试没考好被批评的事。哥哥就有些不好意思，跟弟弟拌了几句嘴。小的就凑到我耳朵边说，哥哥不让说，其实被老师批评之后，偷偷哭鼻子来着。哥哥羞臊了，说小的前几天还尿床，被妈妈骂了呢……俩孩子互相揭短，嘻嘻哈哈，我爸看得乐呵呵，我妈还得尽教导之责，一面忍不住笑，一面故作严肃地批评:"不要说别人短处! 要好好地吃!"

我看着弟弟吃了一个肉酿油面筋，吃得哑哑作声。那么油光水滑一个肉圆，不知怎么就掉进小肚子里去了。他吃完了，抬头看看我妈，我妈一挥手:"喜欢吃就再吃!"俩兄弟都乐了，各夹了一个。哥哥看看我——我正从他们身上看到小时候的自己——说:"大哥哥，你不吃啊?""我一会儿吃。你们喜欢吗?""噢!"

现在回想起来，在外面再怎么吃山珍海味，每年到这时候，还是想吃一口熟悉的、扎实的、肉头的、浑厚的食物。就在吃这份食物时，喜乐的、喧腾的、温暖的氛围，就起来了。

吃土豆

英语里有个词，叫作French Fries——法式薯条。然而，最好的法式薯条又出在比利时。

听来很是奇怪，其实三言两语就能说明：薯条本是比利时人创制的，但比利时和法国邻近，法国饮食又过于有名，以至于1802年，传说美国历史上最聪明的总统托马斯·杰弗逊先生在一次白宫宴会上，吃了"以法国方式处理的土豆"。1856年，英国食谱作者沃伦的食谱上第一次出现了"把新鲜土豆切成薄片，放进烧开的油中，加一点盐，炸到两边都出现淡金褐色，冷却后食用，这就是法式薯条"的记录。

大概美国人觉得，法国人对付土豆，确实了得吧。

我们现在也都知道著名的法式土豆泥。传说已故名厨乔尔·罗布雄有过一句名言："我已经老了，如果还有什么美食割舍不下的话，那就是土豆泥。"乍听来似乎土豆泥健康，适合老人，然而在罗布雄先生的配方里，牛奶和黄油是越多越好的——如此，土豆泥才能做出柔糯绵密的口感来。这玩意似乎跟健康饮食背道而驰，但对法国人而言，我们都知道：比起健康，他们更在意鹅肝、血鸭、黄油面包的美食的味道。

但谁想得到呢，就在1802年，美国人认为法式薯条天下第一的时候，法国人认真吃薯条，其实不过二十年罢了。

众所周知，土豆是从新大陆传入欧洲的，时间大概是1620年——也就是《三剑客》故事发生那会儿，在我国则是明朝天启年间。但在法国折腾了百来年，土豆一直是动物饲料。

过了一百多年，1760年前后吧，法国还有位爵爷在日记里写："土豆这玩意，只有猪和英国人才吃！"——您得先了解法国跟英国打了近千年仗，仇深似海，才能理解这话说得有多狠。

当时法国人是真不喜欢土豆，没事就找茬儿。1722年，马赛出现了群体瘟疫，巴黎这边一琢磨，准是土豆的问题，不许吃了，一定会传染麻风病！那时法国北部，索性禁止种植土豆。

情况从什么时候变化的呢？法国有位军医——安托内·奥古斯丁·帕门提耶先生，当过普鲁士人的囚犯，他在狱中吃土豆，觉得"这玩意也不难吃啊"。

后来他就着力推广土豆了。大概1772年，他建议用土豆作为痢疾患者的营养来源，获得了成功。于是巴黎医学院宣布，土豆是可以被人吃的。到1773年，帕门提耶先生的一篇论文全票通过，认为土豆是最适合代替小麦的食物。后来到1785年左右，法国农业歉收，老百姓吃不上麦子了，得，试着吃吃土豆吧……嗯，还行？

妙在帕门提耶先生当时玩了个小小的套路：他没有光从底层着手，而直接选择了上层路线。他设了土豆宴，请本杰明·富兰克林这样的大智者和拉瓦锡这样的大化学家来吃。他为国王与王后献上了土豆花，让土豆整个高雅起来了。这让法国自上而下，形成了吃土豆的风气。毕竟，名人效应和皇室姿态，最容易引人模仿了。可以想见，托马斯·杰弗逊也是多少受了富兰克林们的影响，才对法国人善于烹土豆这件事印象深刻。

但帕门提耶最聪明的玩法，也显出他对法国人最深刻的了解。他是这么做的：他的土豆田，白天严加管理，警备森严，让周围的农民只能远观不能亵玩，勾引好奇心。到了晚间，却撤去防备。于是周遭好奇的农民自然想了："什么宝贝，藏得这么隐秘？那一定是好东西。不行，得去看看。"于是，周围农民三三两两，奔走相告，来偷土豆了。偷回家自己种，终于遍地开花。一吃，"真香啊"。

这就是法国人如今遍地吃土豆的开始——您可以说，这种"越是不让干的越好奇""越是富贵阶层干的越想效仿"的心理反映出法国人的人性，但仔细一想：好像放之四海任何一个国度，也都差不多吧。各色商业宣传，不都是以这种套路，来忽悠大家入坑的吗？

番茄与茶

众所周知，英语里的茶，拼作tea，这个词大概是17世纪由荷兰人开始在欧洲传播的。这个词的读音来源，有两种说法。一说tea来自于马来语词汇teh，另一说认为tea这个读音，来自于闽南语的茶tê——而马来语的teh，也可能源自这里。——所以，tea，最初是闽南语？

现在广东人说喝早茶，大家想到的是去茶楼喝茶吃点心；在我的故乡，跟老辈人说喝茶，想的也许是去茶馆。若去跟英国人说咱们去喝点tea，他们一般会理解为喝红茶，加糖，配点心。这也有缘故。

17—18世纪，英国人喝的tea，多是福建运出、欧洲运入的红茶。18世纪，伦敦茶价一度涨到了每磅茶四英镑——

按购买力折算，大概当时一磅茶要折合一万多元，吓死人。所以维多利亚时期的地下小说，经常描写贵妇人拿茶勾引壮年平民。

但英语里又有种茶，叫作chai。现在大家去咖啡馆或者茶店里看看菜单，都看得见这个选项。中国人一看就懂，这就是源自普通话里茶的读音cha嘛。但您到茶店咖啡馆点个chai，人家一般会直接给端来牛奶＋香料的茶。

为什么呢？刚说了，以前南方的茶，多经福建沿海出口，英国人就按闽南话念tea，自己拿去泡了，撒点糖喝了。

北方的茶，许多是陆路经中亚运过去的，当地人喝茶，习惯加奶加香料。中亚印度那边的语系，会给cha这个音加个词尾，就成了چای，读作chai。

大概是这样的：南方茶经福建运输，所以就用闽南话念tea；北方茶经中亚运输，就用了当地话念成chai。

一来二去，如今chai在欧美，就成了带有中亚色彩的牛奶＋亚洲香料的茶。与之类似，日语有个词读作sencha，就是煎茶；shincha，就是新茶；matcha，就是抹茶。

如今国际化一点的茶单上，无论是tea还是chai还是sencha，根源都来自于汉语的"茶"这个字。

只是，因为茶的运输路线不同，传播方式不同，方言词缀不同，世界各地又搞了许多本地特色的饮茶方式，所以一个"茶"字，分化出了许多个词。这其中，tea这词最脍炙人口，法语为thé，西班牙语为té——归根结底，当年福建海运的贸易力量真强大。

但还不止于此。英语里番茄酱这个词——ketchup，最早也出于福建。然而番茄又不是原产福建的，这是怎么回事呢？

以前，厦门、泉州和漳州一带，有个词叫膎汁，外国人注音，读作kôe-chiap，最早的意思是，腌鱼或贝类的发酵海鲜汁。

福建人出海做生意，这词也流传开来，东南亚人把这个读音记住了。嗯，这汁儿很鲜嘛！——于是传播开了。

1690年的一本英语词典里，记了个词catchup，说是一种神秘的东方酱汁——就是说膎汁。

1711年，查尔斯·洛克耶先生，一本正经地记录说，ketchup就是亚洲酱油，日本关东的酱油不错，中国的酱油则价廉物美——我很怀疑他这点知识，来自于马来语，马来语就管酱油叫kecap。

1727年，艾丽萨·史密斯出的一本菜谱里，说ketchup
这种酱汁，原料是蘑菇、凤尾鱼和辣根。大概英国人那会儿
就认定：鱼和蘑菇加上调味料的鲜酱，就是ketchup。

1748年，萨拉·哈里森的一本烹调书里，说调味必须用
kitcup和蘑菇汁。如此直到1817年，英语里的ketchup，依然
是凤尾鱼和蘑菇汁这类海鲜酱料为主。

1817年，英国人出了一个食谱：番茄、凤尾鱼、葱和黑
胡椒，加上肉豆蔻、芫荽和胭脂虫，加白兰地一起弄成酱
汁——这是1817年的ketchup。

从此开始，ketchup带上了番茄。到19世纪50年代，
ketchup已经基本不用凤尾鱼了，番茄占据了主流。1913年的
ketchup这个词说得很明白："由蘑菇、西红柿、核桃等制成
的调味酱。"

到此为止，ketchup正式从福建的膎汁，演化成了海鲜
汁，变成了如今我们熟知的番茄酱。与最早的"膎汁"相
比，只保留了一个读音，具体意思却已经天差地远了。

当然，不妨碍英国人天天喝tea，吃ketchup，不知不
觉地说着以前福建人的话语。啥叫文化输出？这就是文化
输出。

聪明如您，一定发现了：这文化输出的方式，与其说是闽南话很神奇，不如说是福建沿海从事国际贸易的前辈们很神奇。他们的贸易能力如此卓越，直接把他们的方言词汇，扎根到了全世界。

传播、演化，最后可能变得认不出来，但也就在这个过程中，实现了交流。更美的味道，更有意思的生活方式，由此得到了沟通。

语言是活的，与此同时，人类的生活方式也是活的。流动、传播、沟通，不故步自封，才能创造出更有味道的世界啊。

假如《红楼梦》里有炸鸡可乐

凤姐笑道:"且吃一个炸鸡!"刘姥姥圆睁双目,道:"这物儿黄澄澄的,却说是个鸡?"接过一块炸鸡来,几口吃净了,拍手笑道:"果然是鸡!当真好吃!只我平常家里,再没吃过这等的滋味!府里是天上人家,这鸡自然也是天上的了!"

众人皆笑,凤姐笑道:"也不瞒你!只将那鸡切了洗了,选那鸡脯子鸡腿,用上好秋油、绍酒腌了,去那冰窖中藏得两个时辰;裹粉拍过,须得搓出那鱼鳞纹;去热油锅里只一炸,炸得黄酥了便起锅;待放凉了,再滚一炸便是!"

刘姥姥听了只顾念佛。贾宝玉也吃了一块,道:"平日吃炸鸡吃絮了,也不觉如何,还嫌它油腻腻的;今听得凤姐姐说，便觉有些意思，原来一块炸鸡，也恁般费功夫；刚吃了一块，觉得脆生生、香嫩嫩的，又好吃了起来。"

刘姥姥笑道："我们庄稼人，鸡都留着下蛋；偶或鸡老了，也煮了来吃。自然是炖了一大锅，吃肉吃汤，大家嘴上沾得到油。那时只顾咂嘴，只觉得鸡鲜甜，更想不到这般吃法了！倒也想如此使油来炸，只哪里有这许多油，这许多秋油绍酒，这许多面粉来配它！"

宝玉道："吃了这鸡，不免渴上来了。"凤姐便命左右："端了可乐来。"并吩咐："也与刘姥姥一盏！"刘姥姥见了，端详片刻，一口饮了，大叫："啊哟，这酒在我口中跳将起来！"

众人又笑，刘姥姥咂嘴片刻，道："这像是醋，又不是醋；像是酒，又不是酒，却恁的奇怪！喝了倒也清凉。"

凤姐笑道："这也容易。只顾将草木灰煮一天，取了清液；加了极好的洁粉梅片雪花洋糖，再将好饴糖熬得浓了，加些香醋，便是这个味了！"

刘姥姥又念佛道："倒要不知道多少醋糖来配，庄稼人哪里想得到！倒也想日日喝个白糖水，哪里喝得起！"

宝玉笑道："这可口可乐，也与那炸鸡一般，我初用时，倒也惊艳；久了却也腻了。如今听刘姥姥所说，倒与我当日初尝时，相去无几。只将来吃腻时，便不稀罕了。”

凤姐笑道：“你是个有福的，岂止可口可乐，但凡那玫瑰清露、木樨清露，只要有的，哪个不是往你房里堆山填海地去？老祖宗，你听他说吃腻了不新鲜，倒反是我们的不是了。”

贾母笑道：“多稀罕的物儿，有我一口，岂能没他一口？”

刘姥姥笑道：“哥儿与老太太都尊贵，鸡鸭鱼肉，都不看在眼里；什么人间天上的东西都吃遍，再如何新鲜，知道唾手可得，自然就腻了；比如吃鸡，哥儿平日饱足时，吃这炸鸡不过吃个新鲜，吃多了怕还要嫌油腻；我们庄稼人劳作一日，再看炸鸡，那是心眼里馋出来。比如这什么克扣可辣，哥儿平日饮茶求个香淡，再看这可辣，自是只觉得甜爽辛辣罢了；我们庄稼人成月吃不到白糖水，暑月里汗流浃背，喝这一口，真是天供！哥儿这是享不尽的福，从来饱足无虞，自然是万物过了新鲜劲儿，便觉没意思；如我们这等劳碌命，自种自吃，常饥常渴，馋肉馋油馋糖，自然觉得这是世间第一等的好味道！”

贾宝玉听了便想：“她说得也有几分道理。昔日东坡道‘晚食以当肉’，大约人挨得饿了，便见什么都好吃；当日林妹妹回苏州，与我分别良久，她回来时，我便格外开心些。果然世间悲喜相依，饥饱相映。我饱食终日，无所用心，看万物都看不真切了。比如他日我飘零无依，暑月腹饥，久不见肉酒，看这炸鸡与可乐时，是否也如此时刘姥姥一般，觉得是神仙天供？"

　　一时心中怅然，只见刘姥姥捧鸡急食，笑道："这鸡端的好吃！便是手指也要吮干净了！"

那些花里胡哨的菜名

众所周知，我国人民在菜式名字上，极有巧思。最流行的做法，自然是攀附名人，比如左公鸡、东坡肉、宫保鸡丁，对应着左宗棠、苏东坡、丁宝桢等名人。也有根据时事命名的，据说陈果夫想出来一个菜：鸡汁虾仁浇锅巴，因为下汁时声音响亮，抗战时就叫作"轰炸东京"。

当然，类似看似风雅的不直观菜名，也很让人困惑。比如我老家乡下，就有所谓"神仙汤"——酱油加热水，撒点葱。更奇怪的则叫作"青龙过海"：酱油汤上，横一根大葱。

我有山东朋友说，他们那里还有"青龙卧雪"——一根黄瓜，趴在一堆砂糖上。

这种玩法，难免让人产生"老婆饼里没老婆、鱼香茄子里没有鱼"的不平之感吧？

妙在类似的文字游戏，还很容易被解读成风雅。越是字面意思不可解的菜式，菜的内容越让人摸不着头脑。徐克当年导演过电影《满汉全席》，里头几道菜名字神奇极了，"踏雪寻熊""一掌乾坤""齐天大圣会虎鲨"。只是乍听之下，不知道是啥。

看明朝《酌中志》写宫廷所食，菜的名字都挺朴实。三月二十八日，东岳庙进香，吃烧笋鹅，吃凉饼，吃糯米面蒸熟加糖、碎芝麻而成的糍巴——现在写作糍粑。四月要吃笋鸡，吃白煮猪肉，因为"冬不白煮，夏不熝"。还要吃包儿饭：各样精肥肉，姜、蒜锉如豆大，拌饭，以莴苣大叶裹食之。取新麦穗煮熟，剁去芒壳，磨成细条食之，名曰"稔转"，算是这年五谷新味的开端。

看来看去，都是很端正的菜名。有点花样的，是四月初八日，进"不落夹"——用苇叶方包糯米，长可三四寸，阔一寸——应该就是改良版粽子。六月初六日，要吃过水面了，还得嚼"银苗菜"：也就是藕的新嫩秧。

看清朝食谱，也没那么多花样。乾隆吃的大多是"燕窝红白鸭子南鲜热锅""山药葱椒鸡羹"。按照乾隆那个附庸风雅、到处题诗的性格，居然不在菜名上花团锦簇一番。

溥仪在自传里写吃的，"口蘑肥鸡、三鲜鸭子、五绺鸡丝、炖肉、炖肚肺、肉片炖白菜、黄焖羊肉……"，名字也都挺朴实。

我不免好奇：溥仪那会儿清室没落了，但瘦死的骆驼比马大，肯定也不缺会舞文弄墨、阿谀奉承的廷臣，怎么就不给起点花里胡哨的菜名呢？

还是说，其实宫廷美食，名字本身比较朴实。

熟读《红楼梦》的诸位，都知道王熙凤让刘姥姥猜谜，吃了个所谓"茄鲞"。但这段剧情里，王熙凤不无戏谑之意。看贾府日常所吃的，纵然精美，名字也不太会瞎折腾。

比如薛姨妈留贾宝玉吃饭，也不过吃糟鹅掌鸭信，喝酸笋鸡皮汤。吃点心，老太太也不过吃了松瓤鹅油卷，薛姨妈要了藕粉桂糖糕。饮食都是字面意思，并没有整得格外花里胡哨。

按照老评书里的说法，清宫里御膳房有两不敢。一不敢上太珍奇的食材，生怕上头吃顺嘴了，天天要吃，御膳房购置不到；二不敢起奇怪的菜名：上面吃到嘴里的东西，要知道得清清楚楚，你起个怪名，让上头猜谜语，简直自寻死路。

反过来想想，给食物起花名，是什么时候的事？

宋朝《中馈录》里，有个"玉灌肺"，大大有名。说白了就是真粉、油饼、芝麻、松子、胡桃、茴香，拌和成卷，蒸了吃。大概颜色好看，莹润如玉吧——好听归好听，却是当时汴梁城的街食。大概名字说好听点，销量也好，有噱头？

还是宋朝，《山家清供》里提过一道"黄金鸡"，说白了就是白斩鸡用麻油、盐水煮，加入葱椒调味，熟了之后切丁，大概有"白酒初熟，黄鸡正肥"之美。

又如"神仙富贵饼"：白术切片，与菖蒲煮沸后晒干，与干山药、白面、白蜜一起做成饼，蒸来招待客人吃。主要是菖蒲、白术、山药看着颇有养生之功效吧。

在这方面，《山家清供》里还有很多：既有前朝的青精饭、槐叶淘，又有白石羹、梅粥、百合面之类的好名字；更有一种"煿金煮玉"，名字极好听，其实就是煎笋配米饭。

照这逻辑看来，真相呼之欲出了：大概，越是真正大人物吃的东西，名字越是朴实。"燕窝红白鸭子南鲜热锅"啦，"山药葱椒鸡羹"啦，材料、做法明明白白。

越是民间吃的东西，越容易琢磨点花里胡哨的名字，如此才有噱头，卖得起价，听着也好听。

清代青城子的《志异续编》里，提到清朝时的富商，搞这种吃法：十几个生鸡蛋，灌进猪尿脬里，井里浸一宿，就成了一个巨大的蛋。大家吃着，啧啧称奇。还有一种是，鸡鸭猪肉切细，装在猪尿脬里（这个厨师似乎对猪尿脬的功能颇有心得），用盐和好，风干来吃。我觉得似乎是某种奇怪的肉泥。还有一种，鲜笋煨熟，里头挖空，金华火腿切细，塞进笋里，烘干。想起来是蛮鲜的，就是太费功夫了。

像这种搞法，当然很是炫目，是否真的美味绝伦，那就不知道了。估计御厨房也不敢这么跟皇帝玩花样，还是不求有功，但求无过，"口蘑肥鸡""三鲜鸭子""五绺鸡丝"比较安全。

大概御厨生怕菜写得不明白，不仔细，不敢折腾花样；而民间却花样翻新，务必吓得客人目瞪口呆，才算过瘾吧。

我有一点想法，有点刻薄了：您但凡看到菜名费解、做法新奇、名字花哨的，其中很容易掺杂水分；如果还攀附些花里胡哨险远历史的，多半值得怀疑。

珍贵的食材，譬如海参、鲍鱼，那是生怕人不知道，得搁菜名里。凡是起名字和神仙富贵、黄金白玉靠近的，那多半是够不到那些，才非得起个名字凑一凑，自高身价。一切攀附贵人，还和文化挂钩的，都是为了这么忽悠，好让您多出点钱。这道理，当然也不止适用于饮食上了。

食材的比方

老相声里说鲜鱼水菜。卖菜卖鱼的，讲究水灵。一脱了水，菜也不绿了，鱼也不活了，品质和卖相也就不行了。所谓新鲜，其实大半是水在撑着。

李安电影《饮食男女》开头，郎雄扮的朱师傅打电话，说蒸鱼不可先放盐，不然就不鲜了——鲜味与水，息息相关。

做过菜的诸位，自然也知道这道理：世上天然鲜的食材，没那么多。再新鲜的菜，也会脱水，然后蔫了。

好吃的菜，许多不是天然美味，而是经过煎炒烹炸的加工。味道，得另外下盐，甚或让食材脱水后用酱汁喂进去，诸如此类。大多数食材，除了新鲜有水分外，别无长处；得煎熬之后，喂进去味道，才成。

也有些味道，靠时间凝成。18世纪欧洲的肉牛养殖，是买六七个月的小牛回去饲养，养到超过三十个月，宰杀，不能立刻"新宰得一头黄牛"，去给英雄好汉吃。而是把牛剖开两爿，需要时还得挂起来，不熏也不腌。不懂行的人偶尔看见，两爿肉悬空而挂，腔内毕露，会吓一跳。

那时世上没有微生物学，做个尸体解剖，都要被说三道四，大家只是按经验执行，觉得这样可以让肉类熟成。现在当然知道啦：这么悬挂，是让肉类蛋白质分解成氨基酸，这样来改变肉类的酸碱度，增加肉的风味和口感。所以大多数时候，熟成十到十二天的牛肉来煎牛排，比新宰的牛肉要好吃些。

日本人捕了鲣鱼，切好，煮完，反复烟熏（所谓"荒节"），发霉（所谓"本枯"），半年左右完工，就是干硬的一块鲣节。做菜时，使刨子刨了，遇热便舒卷如花开，这就是木鱼花。这时吃起来，已经和鲣鱼味道大不相同了，尤其是鲣节心蕊，味道浓鲜醇厚，非其他调味能够模仿。这多出来的，还是时间的味道。

大多数味道，都不是天然成就，而是后天煎熬磨洗，时间炼就的。大多数竞技行当，其实也有类似定律。天才巨星入行时，身体劲爆，技术还不够精熟，经验与心智自然还欠打磨。此后勤修苦练，保证身体状况；修炼经验技术，让内在持续提升。在身体还好、技术精熟时达到巅峰；再之后，身体越来越不如以往，就越来越靠天赋了。用天赋换技艺，用水分十足的新鲜劲儿换技艺与经验，时间负责烹调。

这道理也适用于一切吃青春饭的行当：保持得好，就是常青树；保持得不好，就是方仲永。

大概，每个平常人都是如此：年轻时什么都没有，也就有年轻时的充沛体力、旺盛代谢与无尽梦想。

倘若只凭年轻时的体力一路前行，过几年不年轻了，就是另一回事。你年轻吗？没关系，过几年就老了。

所以自古以来，先贤劝年轻人努力学习，也无非是希望：别净靠着点新鲜水分就偷懒。随着时间流逝，肯努力吸收些新东西，能让自己变得更有味道些，大概味道也会好些。学东西不容易，大概因为学东西是除旧去新，是让自己改变味道与质地。

只是，也不要一味发狠求改变。如果是自己想改变的，好比说，一块茄子，想让自己有鱼香味儿，于是自觉被油煎，被汁儿焖，让自己变成了鱼香茄子——那是挺励志的事。但如果一块茄子是被迫被翻炒做成鱼香茄子，而它所受的痛苦，只是因为有人要吃它，那就不对了——毕竟，非自愿的受苦，背后的缘由，都得想一想。

如果本身并不想变成另一种样子，那积极受苦改变自己，最后还会被吃掉，掉进时间的无边黑洞里，也不合算，还不如躺平发蔫呢。

另一个比方：一开始，你看见一盘酥烂挂酱的红烧肉，喷香扑鼻，你就想配碗白米饭，吃了它。后来，你吃过许多红烧肉，自己也做过了。你看见一盘红烧肉，就会下意识地考虑：这是五花肉还是肋排肉？这红色是炒的糖色还是老抽上的？八角分量如何？是不是下了桂皮？这肉煎过没有？是炖的还是蒸的？这盘肉在你眼里支离破碎，分成无数细碎点了。甚至你还会情不自禁地去分析：这地方产猪吗？如果不产猪，猪肉是哪来的呢？下厨的阿姨手脚干净吗？用什么方法刮猪皮上的毛呢？……

最后，你叫一碗红烧肉，看到的就是红烧肉，酥烂挂酱，喷香扑鼻，你就想配碗白米饭，吃了它。为什么你不会再情不自禁地考虑了呢？因为其一，你已经自信到了不必用这种方式来下意识的自我证明"我是懂红烧肉的"，你深知自己随时可以判断一盘红烧肉的好坏之后，就没有这心思了；其二，你确实也已经吃过了太多红烧肉，所以你会对世上红烧肉的诸多不如意处不介怀，而去专心感受红烧肉那具有共性的美妙部分——肥厚重味，别的管他呢!

最后，之所以你看红烧肉还是红烧肉，一是你放过了世上的红烧肉，二是你放过了自己。当然，这个比方里的红烧肉，也可以替换成其他许多词。

甜味与鄙视链

　　传统中国人饮食，有所谓"南甜北咸东辣西酸"的说法。江南人吃口很甜，比如我故乡无锡人做红烧排骨、小笼汤包、油面筋塞肉，能甜得人发腻。但是古代就未必如此。

　　沈括《梦溪笔谈》里说："大业中，吴郡贡蜜蟹二千头、蜜拥剑四瓮。又何胤嗜糖蟹。大抵南人嗜咸，北人嗜甘，鱼、蟹加糖蜜，盖便于北俗也。"我一听"蜜蟹"二字，只好感叹重口味真是没有底线，蟹都能蜜了，想象其味都满嘴发麻。

　　古代没有蔗糖时，古人就以麦芽糖或蜜糖来取甜味。苏轼是四川人，爱吃蜜豆腐。麦芽糖就是饴，东汉明帝驾崩，马皇后成了马太后，大臣疑心她要专权，太后就说，咱以后，含饴弄孙——含着麦芽糖逗逗孙子，过寻常日子了。

罗马帝国时期，甜品单里大多是新鲜或干透的水果，以此取甜。冰淇淋在欧洲出现，是中世纪晚期的事儿了。唐朝的《酉阳杂俎》里头，已经提到过冰与奶制品混一起的玩意，叫作"酪饮"。宋朝时，大家也喜欢类似的东西，叫冰酪，可能那就是冰淇淋的雏形。但法国人相信，冰淇淋是凯瑟琳·德·美第奇嫁到法国之后，才真正进入文明世界的——那就天晓得了。

公元前3世纪，亚历山大东征，在印度发现有人嚼甘蔗取甜味，觉得有趣，便想法子移种甘蔗。

蔗糖提取不易，所以人类历史上大多数时候，砂糖的供应不顺畅。中国北方以前砂糖珍贵，所以老阿姨们有时爱喝口糖水——不是广东糖水，就是白糖加热水。清朝到民国，北京有因为冷饿倒在路边的"路倒"，好心人救起，先问茶房要一碗热糖水。甜，好喝，有热量，兴许就救得回一条命来。

英国人喝茶加糖之疯狂，就不用多说了。好玩的是，英国人嗜糖，不止在茶。亨利八世的时代，英国人刚能够稳定地获取糖，于是什么东西都放：煎鸡蛋，加糖；炖肉，加糖；葡萄酒里，加糖；土豆烤完了，加一勺子糖；绿叶蔬菜上，加一勺糖。吃得起糖的人会牙齿发黑，普通人为了显得"咱也吃得起糖"，也会特意染黑牙齿——到这地步，简直就是神经了。也说明，甜味让人着迷。

但福塞尔先生的《格调》里曾半嘲讽地说：上流社会眼里，下等人才会迷恋甜味。细想来，还真是：好些喝咖啡的能人，颇有些人爱自诩"只喝黑咖啡"。类似的鄙视链里，很多都如此：硬核玩家，看不起甜甜腻腻的风格。

的确，咖啡可以有许多搭配，不一定要加糖。比如肯尼亚或牙买加的咖啡，就很适合加草莓或蓝莓，搭配出明亮的果酸味。比如坦桑尼亚咖啡那种比较轻盈的味道，就很适合搭配桃李杏这类偏甜的水果。哥斯达黎加的咖啡味道重，搭配水果派，特别好。哥伦比亚的咖啡略苦，那就搭配牛奶巧克力和白巧克力这类浓甜的。巴西咖啡则适合搭黑巧克力。有人觉得阿拉比卡咖啡略酸了，那可以搭配一下巧克力慕斯试试——一下子成咖啡慕斯了。印尼咖啡适合搭配焦糖类糕点；苏门答腊咖啡重焙后，甚至可以搭配烤肉。

但咖啡+糖，却是最简单直接的美味。世上咖啡最著名的产地里，当然有巴西与哥伦比亚。巴西所谓Café zinho的传统喝法：水倒在锅里，加黑砂糖充分溶解，煮沸。糖水沸腾时，下咖啡粉，搅拌均匀，滤过，喝。

哥伦比亚所谓Tinto的喝法：黑咖啡加Panela糖——未精制的全蔗糖，许多有烟熏和焦糖风味——和滚咖啡一起煮到浓甜加苦，一块喝。在咖啡的原产地，人家喝得挺甜——甚至是，非常甜。

咖啡+甜味的加强版，就是咖啡+甜味+酒。东欧人往咖啡里加甜酒，一战前线捷克士兵都有这配置。希腊人往咖啡里加乌佐酒和蜂蜜的也有。

咖啡+热黄油+朗姆酒，也是很流行的搭配。咖啡+燃烧白兰地+方糖，即所谓皇家咖啡，传说是拿破仑的挚爱。反正烈酒+咖啡+甜味，整个地球都这么喝。

不只是咖啡，还有茶。日本茶道讲究和敬清寂，口味上也素雅纯正，尤其浓茶，乍喝实在不习惯。但茶会时按例也有和果子：豆沙、麻薯、栗子、葛粉，以及和三盆糖……各色做法，都求个甜味。

东正教徒如俄罗斯人，喝不加糖咖啡和不加糖茶饮时，老派惯例是甜面包、蛋糕、蜂蜜什么的摆一桌。

摩洛哥的薄荷茶，是绿茶+薄荷+大量的糖，全民爱喝得上瘾，是所谓"零酒精的威士忌"，讲究要"甜蜜如爱情、浓苦如死亡、深沉如生活"。

不妨这么说，咖啡与茶，本来就是搭配甜食，或者甜喝的——在最初的原产地，在文化发扬光大的地方，都如此。至于有些上等人鄙夷甜味，说甜味经常显得脆弱、下等、世俗、不够高雅，能尝得苦味才显得品味非凡、耐得住寂寞等等——都是后来的发挥了。

酒，也是如此。

张口闭口讲究平衡结构酒体的葡萄酒老手，当然不会为了口甜喝葡萄酒。但不妨碍如葡萄牙人和西班牙人，都喜欢加酒精强化，提前终止发酵，制造浓甜口的酒。

伏特加+橙汁，搅一搅，听来像个乡巴佬所为吧？这是经典的螺丝起子或螺丝刀鸡尾酒，雷蒙德·钱德勒《漫长的告别》里贯彻头尾的饮料。

每年入冬，法国和瑞士那一带，都要喝热红酒：葡萄酒里加砂糖、肉桂、姜甚或其他香料。法国人喝得欢着呢。

至于往酒里加味道，那也是所在多有。比如威士忌，欧洲橡木桶让威士忌陈化，主要就是加味道。酒桶也有区分：装过雪莉酒的桶，有木头味、香草味、水果香、坚果香和甜味。装过波本的桶，有花香和香草味。

说来说去，大概是这么回事：无论是酒、咖啡还是茶，甚或其他，都不排斥掺杂加入新的味道，以求顺口与好喝。

这涉及到另一个问题：任何一个门类，都会有鄙视链。

高处鄙视链顶端的，许多都抱持着类似高端玩法。当然，有些高端玩法的确是个人爱好，但也有些是通过半自虐行为，来产生距离感，显得自己高不可攀，与众不同。颇类于寒冬卧冰、夏季烤火："你做不到吧？我可以哟！"

以我所见，人类有些基本的需求，是写在基因里的：饮食男女，人之大欲；贪生怕死，好逸恶劳，乃是天性。

渴要喝，饿要吃，想吃口甜香，而不想吃苦。有些了不起的人物能克制这些本能冲动，但不代表这些欲望不存在。如果一个东西的鄙视链顶端，是需要靠一些反本能的方式来占领的，那还是宁可不要算了——还是吃一口甜的，比较实在而有趣呢！

我们为什么爱吃家常菜？

　　我喜欢吃，也喜欢看吃的。纪录片也好，书也好，漫画也好，图片也好，电影片段也好。关于吃的内容，我都喜欢看。现实生活中看炒菜，我都能看好久。

　　袁枚吐槽过一种行为，"目食"，即贪看食物多而不在意吃。但我看着，也挺高兴的呀。大概我这种做派，用英文来说，就是food porn seeker吧？

　　所以，鲁迅先生的茴香豆、熏鱼头、辣豆腐啦，老舍先生的老豆腐、芥末堆儿啦，《金瓶梅》里的猪头肉、金华酒和馄饨头脑汤啦，《水浒传》里的牛肉、烧鹅和加辣点红白鱼汤啦，《红楼梦》里的酸笋鸡皮汤啦，《流动的盛宴》里的阿尔卑斯山葡萄酒炖野兔肉啦，《许三观卖血记》里的炒猪关于吃的内容，我都喜欢看。现实生活中看炒菜，我都能看好久。

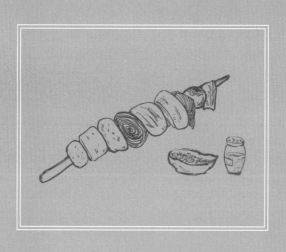

肝啦,《儒林外史》里的虾丸子和鹅油糕啦,村上春树那些
关西菜和意大利菜啦,我都看得食欲大开。莫言整本都在讲
吃肉的《四十一炮》、汪曾祺先生的作品等,我都在从中找
与吃相关的。

《饮食男女》片头郎雄那一大桌子菜;《食神》里唐牛的
杂碎面和周星驰的黯然销魂饭;《太后吉祥》里陈佩斯跟斯
琴高娃就差动手抢的大肘子;《金玉满堂》里熊欣欣做的脆
皮干炒牛河;《洗澡》里朱旭老师咂着嘴吃的炸酱面(以及
《风声》开头他老人家面对的蒸笼);《我爱我家》早饭吃的
油条;《天下无贼》结尾刘若英吃烤鸭嚼葱的脆响;《绣春刀
2》里头雷佳音吃面咬酱菜的声音,不用细回忆,一想就有。

这样琢磨多了,也发现个小小的规律。做个试验:

一:宫保鸡丁 油煎蛋饼 辣子炒肉 打卤面 涮羊肉
豆腐脑 汤馄饨 熘肥肠 红烧肉 虎皮冻 酱肘子 叉烧
饭 酸辣粉 熏肉饼 牛丸粉 酸汤水饺 干炒牛河 热干
面 粉蒸肉

二:油酥泡螺 焖熊掌 鹅油卷 海胆冻 烤兔肉 栗
子酱 鹅肝酱 樱鳟熏烧 阿槽田乐 穆萨卡茄肉土豆饼
黑松露橄榄油意面 奶油炖多宝鱼

这两组，您看哪一组会更有感觉呢？我猜，大多数中国人，会选第一组吧。

我拿这个测试自己长辈时，长辈这么说："倒不是第二组不好吃，主要是有些没吃过，想不出是啥味道……第一组都吃过，看着有烟火气。"

博尔赫斯有句话：所谓想象力，其实就是记忆。他相信，人无法想象自己没经历过的事，只能触类旁通，找自己记忆里最接近的事。

我有个长辈，20世纪末去广州，回来跟我们说两件事印象深刻。一是那里到处可以穿拖鞋，自在；二是蛇肉很好吃。他试图跟其他几个朋友解释，解释半天，一拍大腿："嗨，就像鸡肉和鱼肉中间的味道！"——也只能这么形容了。

所以，我以前吃甜品不多时，读到普鲁斯特说的玛德莱娜小蛋糕，全然不知是啥玩意，也是如此。人总会倾向自己更熟悉的味道，并用此来理解自己不太熟悉的味道。

徐克电影《金玉满堂》里，后面做大菜时很夸张：熊掌灌入鱼汤和鱼子酱后急冻配梨上桌，熊掌与蜂蜜烈火烹焖后上桌，象鼻用蜜蜡封住后与老鸡汤一起炖，羊脑与油爆香的天九翅烹后上桌。

但我还是心心念念，在回忆熊欣欣演的大反派一开始做的那道菜：大火烤熟牛肉，搭配肉汁炒河粉，最后加酒点火制造脆皮，炒到干身为止——因为这道菜看着就有温度，也能想象其味道。

周星驰的《食神》，末尾谷德昭扮的唐牛做了佛跳墙，一大堆材料。周星驰上来的是黯然销魂饭，还被唐牛笑："别装模作样了小子！黯什么然销什么魂饭哪！最多就是一碗叉烧饭，顶多加个蛋！"但薛家燕老师就很浮夸地表示——太好吃了！每块叉烧的筋络都被内力震碎，入口极为松化，搭配火云掌煎的荷包蛋，简直了……

这里对观众而言，也是一个绝妙的角度。并不是每个观众都吃过佛跳墙，但松软的叉烧，却能形象反映给我们口感。还是家常菜最容易贴合我们呀。

也就是说，我们更喜欢家常菜的感觉。因为熟悉，因为记忆，很容易就可以给我们营造出诱惑来。所以天黑之后，要找宵夜，大多数人都会选熟悉的。——想象力即是记忆，我们吃过的好吃的，会优先给我们制造出氛围来。何况，大多数家常菜，还担负着我们许多味道之外的回忆呢。

　　我跟一位爱吃的长辈聊过这个，结论是：吃贵菜喝贵酒，若非为了社交，其实更多满足的是个好奇心："到底是个嘛玩意？"

　　相当多贵菜不一定最好吃，它们贵，更多是因为食材稀缺、处理方法刁钻、烹饪手艺精湛。但那是艺术品范畴。许多好吃的食材所以便宜，是因为本身好吃，所以人类才大量培育。不好吃的东西，人类才不会去养呢。某种程度上，我们吃惯的，是祖先花了上千年时间，证明这玩意好吃、好养活、好调理的东西。不用吃给别人看、也不想满足好奇心时，就还是家常吃的最踏实。

　　还是我那位长辈的话：许多好吃的，吃的时候要分心想很多。最好吃的，就是吃时什么都不想，连好吃都想不到，就一路吃下去，觉得最开心了。

　　这就像许多人到馆子点菜，经常不假思索就把自己最喜欢的几个家常菜点上了。吃起来也如行云流水，甚至不去想好吃不好吃，只是单纯觉得快乐。这才是生活本身嘛！

吃　蟹

中国古人吃蟹极早，周朝就有地方向中央贡蟹。至于吃法，也是不挑精粗，怎么都能来。《太平御览》里提到，永嘉郡安国县有种吃法，"喜于山涧中取石蟹……就火边跂石炙啖之"——就地烤，真豪爽！

古人吃蟹，早早上升到了理论高度：早先唐朝陆龟蒙有《蟹志》，宋朝高似孙有《蟹略》，为了吃蟹，都出著作了。

早在隋朝，已经流行蜜蟹和糟蟹。宋朝的沈括在《梦溪笔谈》中说隋朝"大业中，吴郡贡蜜蟹二千头……大抵南人嗜咸，北人嗜甘，鱼、蟹加糖蜜，盖便于北俗也"。说是吴地人进贡蜜蟹，大概为了符合北方的甜口。陶穀《清异录》也认可了这一点，说隋炀帝"幸江都，吴中贡糟蟹、糖蟹"。

大概当时还没今日的保鲜手段，无法满足隋炀帝一行人的北方口味，所以上了糟的、蜜的。

宋朝陆游《醉蟹》中说："醉死糟丘终不悔，看来端的是无肠。"可见宋朝已经很流行吃醉蟹了。

唐朝人吃蟹，已经很风雅了。李白写："摇扇对酒楼，持袂把蟹螯"，姿态很好。至于吃蟹螯有多快乐，却得换个角度说。后来的苏轼写信，跟自家弟弟苏辙念叨："惠州市井寥落，然犹日杀一羊，不敢与仕者争买，时嘱屠者买其脊骨耳。骨间亦有微肉，熟煮热漉出，渍酒中，点薄盐炙微燋食之。终日抉剔，得铢两于肯綮之间，意甚喜之。如食蟹螯，率数日辄一食，甚觉有补。子由三年食堂庖，所食刍豢，没齿而不得骨，岂复知此味乎？戏书此纸遗之，虽戏语，实可施用也。然此说行，则众狗不悦矣。"

惠州太穷了，我没法跟人争好羊肉，于是叮嘱屠夫，给我留点羊脊骨。羊脊之间有点肉，水煮熟，酒渍，薄盐，烤一烤，这么小心翼翼地吃，就跟吃蟹钳肉似的。子由你就不一定尝得到这味儿了吧？只不过我吃得这么高兴，惠州的狗就不快活了。

哪位说了：苏轼这是说吃羊肉啊。

您再看，苏轼说，在羊脊骨里挑些许碎肉吃，就像吃蟹钳似的。大概这就是宋朝人对吃蟹的看法：蟹螯里找碎肉，吃的是为了那点鲜味，而不是贪图肉头厚。

当然，这不意味着李白和苏轼这些大才子只喜欢嗦蟹钳。南唐的卢纯说："四方之味，当许含黄伯第一。"啥叫含黄伯？答：满壳蟹黄的大肥蟹。当然，也不是人人都喜欢就着蟹壳嗦蟹，也有拿出来拾掇了吃的。

陆游除了吃醉蟹，还吃别的。比如他又有诗："蟹馔牢丸美，鱼煮脍残香。鸡跖宜菰白，豚肩杂韭黄。"

煮鱼脍很香，不提；菰白就是茭白，用来炒鸡脚，好。豚肩是猪腿，用来处理韭黄，想起来就觉得很味美了——韭黄清鲜，猪腿肥厚，很搭。牢丸，该就是粉包肉了——汤包、汤圆、肉饼，差不多。蟹馔牢丸，难道是蟹粉汤包？又或者是蟹肉配汤包？

朱元璋的谋士刘伯温，有《多能鄙事》，其中有个"蟹黄兜子"：熟螃蟹三十只，与一斤猪肉细切，加香油炒鸭蛋五个，做包子馅儿。这蟹包子，看着就美味。

这种把蟹肉单独拿出来的吃法，在《金瓶梅》里又有展示。我们都知道《金瓶梅》假借宋朝故事，写的却是明朝日常生活，大概明朝土豪就这么吃蟹吧。

西门庆诸位小弟里头，有位平时不算殷勤的常峙节，得了西门庆的资助，回去跟老婆前恭后倨，耀武扬威。为了答谢西门庆，特意让老婆做了螃蟹，做法很精彩：螃蟹剔剥净了，用椒料姜蒜米儿团粉裹就，香油炸，酱油醋造过，连两只烧鸭子，送来给西门庆。大概这个吃法，不用自己剥，可以大快朵颐放开吃。虽无持螯赏句的风雅，却是实实在在味道俱全，也适合西门庆这种土财主。常太太这么做来，大概既能伺候西门庆吃得高兴，又显得自己手巧，心意也有了。

至于要加烧鸭，也不奇怪，因为螃蟹不够油，所以要吃点肥润的。

这种加工蟹的吃法，盛行于江南。我以前在无锡和上海住时，蟹季到来，老饕都要去吃蟹粉汤包、蟹黄扒芥蓝，吃蟹粉虾浇头面。至于各家自制秃黄油用来拌饭拌面，黄金白玉，鲜花着锦，更是热闹非凡。

当然，中国人吃蟹最正统的方法，还是自剥自吃。

元四家之一的倪瓒，有《云林堂饮食制度集》。他是无锡人，住在江南水乡，写水产居多。倪云林当然爱吃蟹，煮蟹要用生姜、紫苏、桂皮、盐一起煮，用酱则是橙与醋。这种吃法，到明朝被奉为正宗。刘若愚写的《酌中志》，描述宫廷不时不食的做派，说到秋天要酿新酒，蟹也肥了，宫廷中就开始吃蟹。

宫眷内臣吃蟹时，自然须吃活蟹。洗净，蒸熟，众人五六成群，坐着一起吃，嘻嘻哈哈的。揭了蟹脐盖，挑剔出肉来，蘸醋蒜吃了下酒。有人能将蟹胸骨剔干净成蝴蝶状，大家都夸赞手巧。吃完螃蟹，喝苏叶汤，用苏叶等洗手。

这跟今时今日吃蟹也没什么区别了，跟西门庆那土豪吃法，当然大大不同。

明清之际的才子们，吃蟹很是讲究。大才子李渔在《闲情偶寄》里说，天下最鲜者，一是螃蟹，一是笋。他认为酸甜苦辣都能用调味法子勾兑，唯独这鲜味，就像天生才情，不能以人工法子得之，所以格外珍贵。李渔对吃格外挑剔，唯独对蟹爱得狂热，高呼要跟蟹相伴一生。他认定，蟹是万物中最好吃的，蟹本身味道丰富，绝对不能胡乱加工。

张岱也爱吃蟹，说蟹的好处，就是不加盐醋而五味俱全。他在《陶庵梦忆》里吹嘘自己吃的十月秋蟹，壳如盘大，紫螯跟拳头那么大，小脚肉出，油油的。掀蟹壳，膏腻堆积，如玉脂珀屑，团结不散。当时他跟朋友们每人六只蟹吃下去，还要吃肥腊鸭、牛乳酪、醉蚶和鸭汁煮白菜。吃完还要吃水果：谢橘、风栗、风菱。然后饮玉壶冰酒，吃兵坑笋，配新余杭白米饭，喝兰雪茶。

张岱的吃法，就和西门庆那种土豪吃法不同，讲究新鲜，讲究有味。当然，和西门庆一样，吃完了蟹，还要加个鸭子：毕竟中国人吃螃蟹主要吃味，不贪图肥腻；吃完了如果觉得肉头不够厚，补点鸭子也是对的。

《红楼梦》里，有著名的螃蟹宴。当日贾宝玉、林黛玉和薛宝钗三位，吃完了蟹，还顺便吟诗。那几首诗凑起来，就是绝佳的吃蟹图。

贾宝玉所谓"持螯更喜桂阴凉，泼醋擂姜兴欲狂……脐间积冷馋忘忌，指上沾腥洗尚香"。林黛玉所谓"螯封嫩玉双双满，壳凸红脂块块香。多肉更怜卿八足，助情谁劝我千觞。对斟佳品酬佳节，桂拂清风菊带霜"。薛宝钗所谓"桂霭桐阴坐举觞，长安涎口盼重阳……酒未敌腥还用菊，性防积冷定须姜"。合计起来，意思明白，显然，到清朝，蟹已是个时令美食了。要凑桂花秋凉、重阳时节；要徒手吃，手指沾腥也没关系；要吃嫩玉蟹螯、红脂蟹黄；当然要配酒、醋与姜，就着桂花菊花香。

　　比如王熙凤亲自剥了螃蟹，先让客人薛姨妈吃，薛姨妈说："我自己掰着吃香甜，不用人让。"大概，吃蟹也跟嗑瓜子似的，自己动手才最好吃。

正宗的咖喱

NBA巨星斯蒂芬·库里有个英语绰号，叫作Chef Curry——咖喱大厨。每当他手感火热时，英语解说员就爱说"Chef Curry is cooking"——咖喱大厨又开火了！这是因为，他叫Stephen Curry，curry就是咖喱——只是翻译不同。

大哲学家伯特兰·罗素和后来的篮球巨星比尔·拉塞尔，其实都姓Russell；作为国家的约旦和篮球巨星迈克尔·乔丹，其实都是Jordan。

话说回来，咖喱这个词，也很有趣。中文里咖喱这两个字，对应英语curry这个词。而这词最早是从泰米尔语கறி（kari）里来的，据说意思是"酱汁"，也有说意思是"米饭的味道"。也就是说，所谓的咖喱curry，最早该泛指许多种印度酱汁，而非某一种风味。可是为什么现在大家说到咖喱，总觉得是一种特定风味呢？

16世纪，英国人到东方寻求香料。1598年，英语文献里初次提到印度人吃东西爱蘸酱汁。两年后，东印度公司成立，又一个半世纪后，英国控制印度，于是英伦三岛的绅士淑女，都知道了印度人就着酱汁吃东西的习惯——印度语酱汁就被英国人转译为curry，我们现在读作咖喱。

可是印度那么大，各地酱汁风味大大不同，风格华丽多样，理论上可以有无限多的配方。印度家庭，各家预备着大量调味料，吃饭时就手磨砺，混合调理，并无一定定规。甚至各家各户临时调制的酱料，味道也大不相同。

英国本地不盛产香料，也不像印度，随便找个阿姨就是香料女王。早年间，英国人模模糊糊觉得，一切印度咖喱酱汁，都该有郁金、姜黄与胡椒，更复杂一点的香料，他们一无所知。后来英国人想了点法子，挽救那些想吃印度菜、又不懂调酱的本国人。1810年前后，英国有一家叫C&B的公司，自己定制了一个配方咖喱粉，在伦敦畅销，算是第一次制定了"咖喱"这玩意的规格：姜黄、郁金、胡椒，后来再陆续加入其他玩意。——在印度华丽无边、包罗万象的调味料，就这样被英国人限定住味道了。这大概就是最初的咖喱味，是英国人的工业化产物。

咖喱其实并不该被框得那么死板。比如，在印度本土，大多数咖喱以水为基础，也有用乳制品和椰奶的。印度本土咖喱风味各异，但通常味道浓而辣，搭配面饼和米饭吃。马哈拉施特拉邦的酱汁配料极辣，且爱加坚果。古吉拉特邦的酱汁会用椰奶。

东亚最常吃咖喱的，是日本人。据21世纪初的统计，一个日本人，平均一年可以吃78顿咖喱。好玩的是，虽然日本和印度同属亚洲，但日本人接触咖喱，却是因为英国。日本明治维新时，引进西方饮食，英国人擅自定制的印度咖喱也随之而来。所以在日本，咖喱在很长时间里算是西餐。那时，日本海军正在苦思改良军队伙食，发现咖喱粉烹来配米饭、炖蔬菜，易于入口，方便制作，尤其在船上食用，浓稠的咖啡酱不会被波涛带动翻溅起来，实在太完美了。咖喱在日本军队里一流行，立刻全国风行。日本商人便动了主意：用奶油面糊、土豆淀粉来配咖喱，还加上果糖的甜味，所以日式咖喱比起印度咖喱，辣不足而甜有余，浓稠有味，适合拿来对付米饭。

马来西亚人做咖喱，则喜欢加更多的姜黄、椰奶、葱姜、虾酱和大蒜。无他，马来西亚自己产椰子嘛。菲律宾北部也产椰子，所以很喜欢用椰汁做菲律宾咖喱鸡。泰国南部的咖喱也会加椰奶，然后加洋葱、青葱、青柠叶、柠檬草和高良姜。相对而言，泰国北部的咖喱就比较少加椰奶了。

总而言之，五湖四海，七大洲五大洋，各有自己做咖喱的法子。兼容并包，无所不能，有味道又百搭，可不就能横扫世界？

最后，还是说回好玩的英国人。如上所述，咖喱这玩意本无定法，有着无限可能，但19世纪的英国人不太会调味，只好自己生捏出一套咖喱粉，以方便那些不会调味的人。

但自那以后，英国人吃这味道上瘾。2015年，全英国五分之一的馆子是卖印度咖喱的，英国人真觉得，他们是印度之外全世界最懂咖喱的人。2015年《卫报》索性承认，咖喱是英国人收养的国菜。

所以咖喱也算是饮食界的一个典型现象：大家都爱说什么什么吃法是最正宗最美味的，但也许世界上本来就没有所谓最正宗的做法。一种吃法流行世界，各地自有自己的本土化方案，让它变得更美味，更符合本地文化。许多限定吃法，其实都是当时时代特定条件下能做出来的味道。

世道必进，饮食亦然。能延展得越宽广，越能生命力长久。只有流传广阔的，才最有生命力吧？

最好的调味料

最好的调味料是什么呢？

《战国策》里有句话，苏轼后来在他的《东坡志林》里也提过一次，"晚食以当肉"。——晚点吃饭，就当是吃肉了。细想这话的逻辑，很简单：晚点吃，饿了，什么都好吃。

与之类似，古罗马的大贤西塞罗有过一段差不多意思的话。当一个青年问他最好的调味料是什么，西塞罗让他一口气跑到某条大河去，再跑回来，然后，自然就看什么都好吃了。累了，饿了，看什么都是香的。

村上春树说过类似的体验：他第一次跑马拉松，从夏日的雅典往马拉松古战场跑。跑着跑着，就发疯似地想喝啤酒。就像我们日常吃饭，挑三拣四，真饿久了，觉得油炸碳水才解馋。所以不妨说，最好的调味料是饥饿，最好的饮料添加剂是干渴。

法国学者丹纳在《艺术哲学》里有一句话："英国小说老是提到吃饭，最多情的女主角到第三卷末了已经喝过无数杯的茶，吃过无数块的牛油面包、夹肉面包和鸡鸭家禽。"

他随后解释道，这跟天气有关："拉丁民族的乡下人只要一碗汤，或者一块涂蒜泥的面包，或者半盘面条，在北方的浓雾之下，这么一点儿食物是不够的。"他老人家似乎认为，以欧洲为例，天气越温暖、饮食越清淡的地方，艺术风格也越清爽明快；天气越寒冷，饮食越厚重的地方，艺术风格越复杂繁丽。

欧洲人在中世纪，喜欢用复杂的调味料。一半用来炫富，一半用来在那个没有保鲜冰冻技术的时代，让食物可口一点。但坏处是，用兰斯某位主教的说法："容易让人吃下超过自己需求的东西。"大概类似于，吃不蘸酱的白斩鸡，人很容易吃到饱就算了；如果蘸了蒜泥酱呢？乐此不疲，一下子就吃撑了。

某种程度上，现代的复杂调味与现代的商业宣传，是异曲同工的：很容易让人被美好的幻觉所迷惑，让人不小心就吃了或购买了超出自己需求的东西。然后在吃撑了、疲惫了、买到濒临破产之后，觉出压力巨大：为自己的身体吃了过多无法消化代谢的热量，为自己的腰包无法负载自己的消费欲。

从这个角度讲：真正最好的调味料，是饥饿。真正的快乐之源，大概是……简单且易于满足的匮乏感。

饿了，就会觉得什么都好吃。简单的匮乏，轻易得到满足，就会获得大脑奖励的各种激素。所以，许多东方古典哲学，都带有类似的意味：在饮食里减少复杂调味料，在生活中减少物欲的刺激。大概，复杂的调味料与物欲的刺激，都容易让人产生本不需要的幻觉，去追求自己本不需要的东西。

当然，各人追求喜欢的东西，那是各人所好，但无论怎么奔忙，归根结底，都是为了自己开心。一旦追求反而成为负担，未免本末倒置。各色华丽的调味料和五光十色的商业宣传，就是希望让人忘记："这些是为了让你快乐而存在的，而并不该是生活本身。"

东坡肉与苏轼

　　我有个小小的猜测，现在东坡肉这道菜，很可能不是宋朝时的形态了。话说，东坡肉本就是攀附苏轼之名产生的，是先有苏轼之旷代大名，后有东坡肉。李渔的《闲情偶寄》说得很明白：食以人传者，东坡肉是也。他还开玩笑说，乍听之下，以为不是吃猪肉，而是要吃苏东坡的肉呢！——"卒急听之，似非豕之肉，而为东坡之肉矣。"

　　苏轼的作品与传奇，一直脍炙人口。冯梦龙"三言"，市民小说，面向大众。《警世通言》第三卷就是"王安石三难苏学士"。《醒世恒言》索性有"苏小妹三难新郎"——苏小妹是个虚构的人，完全靠苏轼才存在的。这就是苏轼的影响力。类似于，历史上没有关索，大家喜欢关羽，才编出了关索故事；历史上没有穆桂英，大家喜欢杨家将，才编出了一大堆穆桂英故事。

苏轼作品，在当日极流行。《宋史》所谓："虽嬉笑怒骂之辞，皆可书而诵之。其体浑涵光芒，雄视百代，有文章以来，盖亦鲜矣。"

《水浒传》里有个细节：武松给张都监做亲随。张都监府中都不是文墨人，可中秋佳节，张都监会让玉兰给众人唱个"明月几时有，把酒问青天"——这就是苏轼的流行程度。

李渔提到东坡肉是在明末，做法怕也和如今不太一样。苏东坡《猪肉颂》写："净洗铛，少著水，柴头罨烟焰不起。待他自熟莫催他，火候足时他自美。黄州好猪肉，价贱如泥土。贵者不肯吃，贫者不解煮。早晨起来打两碗，饱得自家君莫管。"——说白了：洗净锅，少放水，燃柴草，控火无烟慢炖。这就是苏轼炖肉的全部秘诀。

如果单是慢火炖肉，那大家该也吃了很久。现在馆子里的东坡肉，配料是绍酒酱油、冰糖八角，做法是砂锅炖五花肉——苏轼没这么写过。我很怀疑，是后来哪位名厨创制了这道菜，攀附在了苏轼身上。

当然，苏轼又确实爱吃——这也是实话。只是，他究竟吃到过多少好东西呢？众所周知，苏轼爱吃荔枝，甚至"日啖荔枝三百颗，不辞长作岭南人"。他真肯为了吃荔枝，长留岭南吗？

在另一首诗《四月十一日初食荔支》里，苏轼将荔枝夸得花里胡哨，把红皮白肉说成红纱玉肤，将其味道比作江鳐柱、河豚鱼，形容其优雅鲜美。结尾更说："我生涉世本为口，一官久已轻莼鲈。人间何者非梦幻，南来万里真良图。"——我生来本就是为了能吃上一口，当官久了，早已经看轻了莼鲈之思。莼鲈者，张季鹰因看见秋风起，念故乡吴中莼菜鲈鱼，宦游思乡之情也。

换言之，苏轼借着荔枝，发散开去：我也不想家了，不想回乡了；人生反正如梦似幻，来万里之遥的南方，真好！这段话说的，苏轼是真为了口吃的，不在乎能不能回去了吗？却又不一定。

苏轼在广东时，念叨吃生蚝："肉与浆入水，与酒并煮，食之甚美，未始有也。又取其大者，炙熟，正尔啖嚼……"——酒煮生蚝、烤生蚝，他都吃了，妙。临了还叮嘱儿子："无令中朝士大夫知，恐争谋南徙，以分此味。"——别告诉朝中士大夫，不然他们都要来抢这口吃的啦！这却是个冷笑话了。朝中士大夫们，真会放弃功名利禄，自请贬谪，跑来争一口生蚝吗？

"我这里特别好，比都城还要好，我根本就不想回去"，其实是苏轼的自嘲。

先前苏轼曾得意洋洋，跟苏辙分享自己的心得："惠州市井寥落，然犹日杀一羊，不敢与仕者争买，时嘱屠者买其脊骨耳。骨间亦有微肉，熟煮热漉出，渍酒中，点薄盐炙微燋食之。终日抉剔，得铢两于肯綮之间，意甚喜之。如食蟹螯，率数日辄一食，甚觉有补。子由三年食堂庖，所食刍豢，没齿而不得骨，岂复知此味乎？戏书此纸遗之，虽戏语，实可施用也。然此说行，则众狗不悦矣。"

惠州太穷了，我没法跟人争好羊肉，于是叮嘱屠夫，给我留点羊脊骨。羊脊之间有点肉，水煮熟，酒渍，薄盐，烤一烤，这么小心翼翼地吃，就跟吃蟹钳肉似的。子由，你就不一定尝得到这味儿了吧？只不过我吃得这么高兴，惠州的狗就不快活了。

说来风流潇洒，苦中作乐，其实还是安慰兄弟：我这儿挺好的，你们别为我担心。

陆游《老学庵笔记》中，有另一个说法。说当日苏轼与苏辙最后一次见面，是苏轼南迁途中："道旁有鬻汤饼者，共买食之，粗恶不可食。黄门置箸而叹，东坡已尽之矣。徐谓黄门曰：'九三郎，尔尚欲咀嚼耶？'大笑而起。秦少游闻之曰：'此先生"饮酒，但饮湿法"已。'"

路边卖的面，其实不好吃。苏辙吃不下，叹气；苏轼却已吃完了，慢悠悠对苏辙说："你还要细嚼慢咽品味道吗？"大笑着站了起来。秦观听说了这件事，说这就是苏轼之前写"饮酒但饮湿"的用意了。

苏轼之前在黄州，写过："酸酒如荠汤，甜酒如蜜汁。三年黄州城，饮酒但饮湿。我如更拣择，一醉岂易得？"那意思是：酸酒甜酒，各有各的味道；我在黄州城三年，喝酒就不挑味道了。如果再挑三拣四，怎么求一醉呢？

苏轼的《东坡志林》里，有个段子极妙，说苏轼有一次看见半山腰一个亭子，想上去休息，爬了半天快累死了，看着亭子感到很绝望。忽然脑子一转："此间有甚么歇不得处！"——为什么不就地坐下休息呢？于是如鱼脱钩，忽得自由。

随遇而安，如此而已。理解了这段，也就理解了后期的苏轼。

他说荔枝真好吃，为了荔枝宁可长留南方；他说自己就贪一口吃的，一点都不思念故乡；他说生蚝好吃，羊脊骨好吃，你们在朝廷里吃不到；苏辙吃不下的面，他三两口吃完了，说不要挑拣啦，一笑而已。就自由自在地歇息、饮食、散步、写作，清俭明快地快乐着，也不错吧？

当年初到黄州时，他感叹过："临皋亭下八十数步便是大江，其半是峨眉雪水。吾饮食沐浴皆取焉，何必归乡哉？"——反正万水都是一源，我在黄州也能用到故乡眉州的峨眉雪水，又何必返乡？

所以，不是苏轼吃的一切都好吃，而是苏轼抱持着"什么东西都可以很好吃"的心态。毕竟羊脊骨都能吃出蟹钳味儿，毕竟荔枝都能吃出江鳐和河豚味儿，毕竟万水都是一源，也无风雨也无晴，就这样吧。哪里都可以安心歇宿下来，哪里都可以随遇而安。

理解了这个，就能理解苏轼总能吃到好的东西了——因为在他眼里，没什么是不好吃的。恰如他说，"上可以陪玉皇大帝，下可以陪卑田院乞儿"，"吾眼前见天下无一个不好人"。

鲜味是什么

汉字"鲜"是鱼、羊来凑，的确，鱼汤羊汤都鲜。

江南的长辈们会说，最鲜莫过春天的腌笃鲜：猪肉咸肉洗净，大火烧开，加点儿酒提香，慢火焖，加笋，开着锅盖等，自然能等到盐、笋、肉、酒、水与时间联合运作出来的醇浓味道。

法国人做汤头，取得小牛骨头——关节处最好，为的是动物胶——放进烤箱，烤得微微发焦后，和蔬菜——胡萝卜、洋葱、大蒜、生姜等切片——一起放进深水锅里，满熬，去渣，下大葱等香料，熬。

意大利人会将帕玛森干酪、蘑菇和番茄汁一起熬煮，觉得那样有鲜味；日本拉面馆做汤头的，会认为鲜大概是昆布加鲣节，然后调酱油；东南亚馆子的老师傅会觉得，鲜来自鱼露。

鲜味，五花八门。可是科学家说：鲜味来自于谷氨酸盐和核苷酸。——这不，1908年，日本的池田菊苗，搞出了味精：谷氨酸钠。

仿佛忽然之间，鲜味就不那么神秘了。但也不是人人都喜欢。

日本人20世纪80年代富起来之后，一度鄙夷味精，当时保守的日本美食家都觉得：味精的鲜味太工业，没意思。

日剧《大川端侦探社》里，有个好玩的段落。某个大佬命不久矣，想吃碗少年时热爱的馄饨。属下为他请来各种大师，提交各种珍贵食材，制作了各种馄饨，大佬一一吃了，但总觉得不是那个味儿。

临了谜底揭晓，原来大佬就想吃一碗加了味精的馄饨——那才是他年少时街边摊吃到的、魂牵梦萦的滋味。大概对大佬而言，山珍海味，抵不上一点记忆中的味精鲜吧。

当然可以说，这位大佬山猪吃不了细糠，只喜欢工业味道。追根溯源，味精这玩意，什么时候开始声名不好的呢？

在日本那位池田菊苗先生搞出味精之前，欧美其实也想过无数办法提取鲜味。1733年，法国一本《现代厨师》里，如此制作鲜味高汤块：大型公牛取四分之一，一整头小牛，两只绵羊，二十四只鸡，放锅里煮啊煮，取出骨头，继续炖，炖了大概小一天时间吧，将肉汁榨出，筛掉杂质，撇去油脂，加胡椒粉与盐调味，再煮开，做成肉冻，冷却，就成了高汤块……不知您怎么想，我觉得，听起来实在乱七八糟。

19世纪，英国有个大公司，仗着英国牛肉多，于是将牛肉碾碎成肉浆，再浓缩成为肉汁，单独出售，宣称很有营养。您大概也想象得出来，这味道不甚美妙，营养价值也令人怀疑。但自那之后，英国的牛肉制作成了大型产业。

20世纪中叶后，驻日美军发现了味精的好处，开始大量使用味精。到20世纪60年代，英美一度流行起味精，牛肉制品受了冷落。有味精，谁要你这牛肉汁啊？

之后，美国开始有各色流言出现：说吃了味精会让人恶心虚弱、头疼心悸，诸如此类。就差说味精会吃死人了。对味精的恶评，大概是那时开始的。

1968年，美国《新英格兰医学杂志》，有个读者来信，自称得了"中餐馆综合症"，说自己吃中餐馆的味精太多，造成了健康不佳。

后来迈克尔·布兰丁先生报导，说这封信乃是两个年轻医生打赌，写了篇胡扯文章来恶搞，看杂志登不登——杂志还真登了。然而此事引发了美国人对味精的敌意。从此开始，美国餐厅以不用味精为荣。

这些伪科学是怎么流行开的？不知道。反正当时味精在美国畅销，最大的受害者，便是那些产品实无营养却又坚挺不倒的牛肉制品行业的从业者。味精背上骂名，大概与他们不无关系吧。

保守的美食家大概会念叨：味精不是天然产物，用昆布鲣节、牛骨鸡骨、蘑菇番茄慢慢熬出来的鲜味，才比较正宗……

但说句大实话，我们现在日常所用的食材，也没几样是天然来的。咸味，我们用的是经过加工的食盐，而不是临时煮海成盐；甜味，我们用的蔗糖，也不是现找一根甘蔗劈开来榨。现磨山葵、现摘的柠檬叶当然味道更好，但日常应用，就没那么方便了。

为什么我们在各种食材调味料上都接受了现代化的便捷，偏要在味精上较真呢？

大概，人类多少总还对天然的味道保持着一种执念，总觉得美味的东西，都是纯天然调和的，并心甘情愿为此多付点钱。然而，自然界绝大多数天然的东西，其实并不太好吃。

人类花了很长时间，才研究出如何迅速有效地运用少数美味食材，做出美食来的办法。而许多所谓自带鲜味的珍贵食材，其实不一定比调味料鲜美吧。我们吃的大多数味道，都是工业制作、方便现成的。肯定不够自然，但这才是人类饮食的现状吧。所以，用味精又怎么了呢？

我说一个相当阴暗的想法：许多看似奢华的店，特意用着昂贵的食材，保留着琐碎不方便的调制过程，标榜这样才是纯天然，并鄙夷各类简便的调味料，究竟是为了将纯粹的美味奉献给客人，还是方便维持自己高昂的价格呢？那就不是我们能知道的了。

所谓《深夜食堂》

现在说到深夜食堂这个词，后面带的，多是温暖治愈之类的字眼。大概因为，小林薰主演的日剧版《深夜食堂》，确实走的是这个调调吧。老板时常给客人端出一点很治愈的菜，摆出一副意味深长、世外高人的样子，偶尔还给点指示。

然而……容我腹诽一句：日剧，只要涉及饮食，就容易把一切题材都温暖化治愈化。这么做无可非议，但并非每次都成功。

《深夜食堂》的漫画原版，其实没那么多温暖治愈的故事。老板并不像个心灵按摩师，每天等你晚归，给你端点吃的喝的来。按漫画原著，深夜食堂的店开在新宿歌舞伎町附近——亚洲最大红灯区。

既然是深夜食堂，来的也大多不是普通职业男女，来的很多是一些社会边缘人。他们来到店里，也不是为了求治愈，希望老板端上一碗鸡汤，来抚慰他们的心灵。

原著里，深夜食堂更多时候是个矛盾聚集点，老板只是个旁观者，看一切发生。许多时候，老板不是洞察一切地给点人生建议，而是一脸懵懂，跟不上潮流似的袖手看着。所以《深夜食堂》漫画版，更像一个各行各业苦处的综合展示，描述一群边缘人的跌宕起伏。

《深夜食堂》的作者安倍夜郎先生，40岁之前一直是广告导演。所以他深深懂得，如何在十几页间，笔简意丰地讲完一个故事、描绘一群人。见多识广，有阅历了，43岁才开始连载《深夜食堂》。所以作品才显得深厚，才显得简洁。

大概因为作者自己年龄不小的缘故，漫画里多的是四五十岁谈婚论嫁、快当外婆的女性嫁了29岁青年、七十多岁还在谈恋爱、八十多岁还在夫妻吵闹的故事。世人总觉得十几二十岁是恋爱好时节，但世上也的确有六七十岁还在谈恋爱的人呢。

年龄这一点，还有一处体现：漫画里很多次描写到昭和年间的偶像、习俗和老式流行。说是平成年间对往昔的留恋，也可以。大概，这个漫画，本来就是打算给四五十岁的人看的吧？

所以，《深夜食堂》从面向对象到故事剧情，都不是以小年轻为主——当然，也不乏年轻人来东京闯荡摸爬滚打的故事——所以漫画整体，并不刻意煽情，也不去说教。

占卜师的儿子不负责任地跑了，于是占卜师阿姨就与自己的儿媳妇一起养孙子；帮派老大自己的胃坏掉了，于是就跑来食堂，每晚看胖乎乎的插画家吃东西；拳击手本想赢下比赛，跟一个带孩子的寡妇求婚，却败北了，还因伤退役——但好在，求婚却成功了；跑了几十年龙套的演员终于获得了上镜当主角的机会——可是压力过大病倒了，好在女儿当演员另有一番出头机会；老年间广场舞一族试图找回青春——结果淋雨生病了。

经常会有些故事，带着出其不意的反差，比如某个到处留情的浪子，被个家境厉害的姑娘给降伏了；比如豪放的女企业家帮职场新人小姑娘，搞定了霸凌的坏上司——类似这样的纯喜剧也有，但不是主流。

漫画画风也并不刻意温情，像简笔画一样，清淡诙谐。

大多数角色，都是就着伤痛的人生，稍微弥补一下，不无遗憾地，尽量努力地，以成年人的方式，凑凑合合，站起来，努努力，继续过。

如此这般，真正的《深夜食堂》，老板也没那么煽情。这里更多的是青春已逝的社会边缘人群温柔自嘲、彼此慰藉的故事。大多数故事里，漫画更像是在说："年华老去也没什么，日子也还是要过；成年人谁都不容易，各色破事多了，最后还是得靠自己过下去；大家努力吃好喝好，然后想法子，故作轻松，过下去吧！"

我觉得，比起虚造温暖治愈、然而其实什么问题都不解决的调调，还是这样的感觉实在些。大多数的劝慰并不解决问题，生活最后，还是自己走的。

《我的叔叔于勒》里，在船上吃到的牡蛎

不知道您是否也有类似的经历，反正，我知道世上有牡蛎这种食物，是因为中学课文、莫泊桑的著名小说《我的叔叔于勒》。

情节我们都知道。唯利是图的父母，在游船上看见人吃牡蛎了，想吃。却发现剖牡蛎的老头，就是他们日思夜想、指望其衣锦还乡的父亲的弟弟、"我"的叔叔于勒，看到于勒非常贫穷，于是不肯相认。"我"去付牡蛎钱，多给了点小费，还要被吝啬的母亲絮叨。

聊聊牡蛎。小说里吃牡蛎，需要付2法郎半，"我"给了3法郎。

莫泊桑1883年8月7日写完这篇小说。故事讲述人Joseph

Davranche，说的是自己年少时的往事。那么这3法郎比1883年的3法郎要值钱些。

3法郎是啥概念呢？1860年，法国平均工资，男一天2.76法郎，女1.3法郎。1891年，男4法郎，女2.2法郎。3法郎，差不多是一个法国男人一天的收入，一个法国女人两天的收入。

所以小说里，主角爸爸提议吃牡蛎，主角妈妈却不舍得吃，也是有道理的。很生动。然而贵不贵，其实还不是关键。莫泊桑在这里，写得很细致。

主角一家是勒阿弗尔小市民，先前一直在盼望于勒叔叔衣锦还乡。题外话，勒阿弗尔在海边，是莫奈的故乡，也就是他画《印象·日出》的地方。那地方产贻贝和牡蛎。

主角家大姐28岁，二姐26岁。家里为了婚事头疼。终于有人来求婚了。一个公务员，没啥钱，但可靠。

主角也说，他认为这个姐夫肯决心求婚，是因为有天晚上，家里人给他看了于勒叔叔写来的信——大概，也是个向慕富贵的普通人吧？

家里迫不及待地接受了求婚，然后决定，婚礼后全家去泽西岛玩。那是穷人们去的地方——大概，也有钓住这个女婿，稳固感情的因素在。全家平时都不太旅行，于是兴高采烈去了。题外话，这个泽西岛Jersey，就是美国新泽西对应的那个泽西。我们中学时读到的译本，按法语翻成了哲尔塞岛。类似于Wenger，法语翻成旺热，英语读作温格。

话说，这就是当时的旅途背景：全家难得出门，不无硬撑面子的姿态，也好巩固新女婿对家里的信心。于是来到了牡蛎段落。忽然主角老爹注意到两位优雅的女士——嗯，优雅——和两位先生。一个老水手用刀撬开牡蛎，递给先生，先生再递给女士。女士优雅地用手帕接着牡蛎，吸进嘴里，很快地吸了汁儿，壳扔进海里。

主角老爹被这种行为吸引到了。重点不是牡蛎，是行为。——老爹被这种摆阔行为勾引了，重点倒不在牡蛎本身。

法国人一直会用乱七八糟的方式吃牡蛎，煎烤炸的都有。但生鲜吃法最贵，因为当时还没有现代冷藏技术。

开过牡蛎的诸位也知道，开牡蛎是要有点刀工的，反正我是开不好……

在岸上吃海鲜，和在游船上吃新鲜的海鲜，价格差异有多大，出门旅游过的诸位，一定都懂。如果在岸上吃牡蛎，对一个海边居民而言，大概贵还是贵的，但不一定吃不起。但在游船上，吃新鲜的牡蛎，而且风度潇洒，对一般小市民而言，就很拉风了。

打个不恰当的比方：诸位在自家门口小店吃份菠萝炒饭，和去机场餐厅吃顿菠萝炒饭，那价格得差多远？

妙在这趟旅行，本来就多少有炫富的意思。现在吃个牡蛎，享受下上流社会虚荣感，还能乘机跟刚结婚的女婿炫富，进一步巩固感情，一举多得啊！

当时主角母亲出于现实考量，是反对的；主角的姐姐却赞成。毕竟对其中那位结婚的姐姐而言，这算蜜月旅行了，不得抓紧机会奢侈一把？

对主角的爸爸来说，3法郎当然不便宜，但这趟炫富之旅，花3法郎就能充人上人，还能顺便拉拢女婿，是很合算的——大概这才是主角爸爸的真实想法吧。

所以他是这么问女眷们的：Voulez-vous que je vous offre quelques huîtres？——你们想要我请你们吃些牡蛎吗？

老爹之前之后，说话都挺口语化的；就这句说得，稍微还有点拿腔拿调，不是"你们要不要吃牡蛎"，而是"你们想要我请你们吃些牡蛎吗"。大概说这话时，老爹自我感觉，那是相当良好。

莫泊桑写得真是精确。大概这就是当时的情景了：一家向慕富贵的小市民，在招来看了于勒叔叔的信才决定求婚的女婿后，一起出游。看见有钱人摆阔吃海鲜，也想跟着摆阔。牡蛎在这里已经不是重点了，重点是这份其实想乘机跟风摆个阔的虚荣心。

所以后面有了这样的情节：认出了于勒叔叔，知道富贵无望，同时还面对着女婿，不能把家里的情况摊牌，于是执意不肯相认。母亲之后还吩咐了重点：Il faut prendre garde surtout que notre gendre ne se doute de rien. ——绝对不能让我们的女婿起疑心。

是的，女婿才是这趟旅行剧情的隐藏重点。这个女婿是靠于勒的一封信才勾来的，这趟航程也是为他安排的。千万不能出问题。所以，无论是买牡蛎，还是不认叔叔，小说的关键词，都是与富贵相关的虚荣心。

牡蛎是剧情的起源，又是剧情的终点。就像莫泊桑著名小说《项链》的女主角，向慕的是华服美食、珍宝首饰，核心事件似乎是项链，但我们都明白，真正的命运关键词，是那份空幻的虚荣心本身。